京都一年

林文月 著

三民書局

新新版序兼懷悅子

近日重讀了三十多年前所寫有關京都的文章。重讀《京都一年》的心情，是頗為複雜的。

許多事情的細節，由於曠時久遠而幾乎淡忘，但是燈下追逐當年十分認真記述的文字，那些以為淡忘了的往事，竟又都一一回到眼前來，歷歷如新。

一九六九年的春季某日上午，在家忽然接到系主任屈萬里先生的電話。他說中文系爭取到國科會給予同仁至日本訪問研究一年的機會；訪問者需具備兩個條件：通曉日語文，年齡小於四十歲。「看看我們系裡，只有你合乎這兩個條件。很不容易爭取到機會，你考慮考慮吧。」

那年我三十六歲，任中文系副教授。屈先生是我尊敬的老師，大學時期選修過他教的「詩經」，旁聽過「尚書」，深知他表情嚴肅，實則極關懷學生。

半年以後，我申請到京都大學人文科學研究所的外籍研修員資格，隻身赴日，生平第一次在異鄉獨居一年。我的正業是撰寫中日比較文學論文〈唐代文化對日本平安文壇之影響〉。那是我以最嚴肅的態度，埋首「人文」圖書館的書堆裡完成的工作。至於《京都一年》，則是我的課外副業，卻也是以同樣嚴肅的心情，以京都為中心所展現的景觀文物、風俗民情等對象的探索察究結果。我的論文撰寫，是在平日週一至週五，至於散文雜記主題的追尋和寫作，則多於週末假日為之。那樣的安排，使我在京都一年的生活變得充實有趣，並且正業與副業之間產生了相輔相成的功效。

京都，古稱平安京，正是平安時代奠都所在地，也是古日本政治和文化的重心。我週末假日四處尋幽探勝，本來是為了散文題材之追索，不意親眼目睹的文物景象，卻將歷史記述和古典文學的許多內涵，從平面的圖書文字，鮮活地轉化為立體具實的世界了。

三十六歲的我，身心俱處於最佳盛狀況，而第一次在異國獨居，不免對許多事物都是好奇的；不僅好奇，又有一種屬於年輕時期的勇氣和認真，凡事不畏艱難，必要追根究底。我閱讀許多有關京都及近郊的名勝古跡介紹書籍，按圖索驥一一探訪，保留所有參觀過的說明書和相關資料，又利用「人文」圖書館內的豐富藏書，追究事物的歷史因緣和脈絡。

其實，好奇也表現在實際的生活方面。於今回想起來，十分慶幸當初沒有住進國際學人會館，而選擇了在圖書館附近左京區的民宿，朝夕得與京都的尋常百姓接觸。我結識各種身分、不同年齡的朋友，他們都是非常善良熱心的京都人。我向他們學習京都的方言，用他們所熟悉習慣的日常語言溝通，消除了距離隔閡，得到可貴友誼。我能夠在短短一年裡走進當地的傳統、民俗生活的多種層面，實有賴那些朋友們真摯的指點幫助。

在那些朋友當中，秋道悅子與我是忘年之交。我初抵京都之日便認識了秋道太太，滯留期間，她似長姊若母親般地關懷照拂我的生活，陪伴邀約我去賞覽京都的一切。

在結束訪問旅居生活之後，我們仍有書信往來維繫友誼。其後，遇有機會旅行或開會暫訪，我總是設法預先與她安排會面聚敘，見面總是有說不完的話題自然湧現；而無論見面或書信，悅子都堅持要我稱呼她：「お悅はん」。那是依照京都人古老習俗的暱稱。「世上沒有幾個人這樣稱呼我的。」她說。「如非我前世是中國人，便是你前世是京都人。」她又說。

在《京都一年》的許多篇章裡，我都提到她，即使未提及，每一次重讀那些文字時，都令我回憶實際與她結伴共賞的往事細節而感到溫馨美好。

時光荏苒，我們的友誼維持了三十餘年，但畢竟有些興致已未能如往日濃郁了。上一次見面，是赴東京參加學會。我多停留兩天，去京都和悅子聚敘。時值暖春四月，悅子特別訂購了兩張京都春季盛事「都舞」的門票。我們又一度並肩觀賞那華麗的傳統舞蹈，一如三十年前。

然而，年華飛逝，有些事情究竟非同曩昔。

觀賞過浪漫優美的「都舞」後，我們原來想沿著那條古雅的石板小徑漫步，再去那家老店共進晚餐，重複從前的記憶；但是，步行未及半途，悅子覺得疲累氣喘，難以為繼。「我真的老了，走不動了。」她表情靦覥地說。遂改由我招呼一輛計程車送她回家，也取消了晚餐之約。

夕陽滿天，目送著悅子頹然消失於那一扇木門之後，我乘坐同一輛車回旅館，心中有說不出的傷情。

翌日上午，離開京都之前，接到悅子的電話，再三為昨夜之事道歉。她淒楚說道：「不中用了。都快八十歲了呢！」那京都腔之中，含帶著某種愴惻。「老朋友是不必為這樣的事情道歉的。」我安慰她，並許下再會之約。

那是悅子與我最後一次的會見。

三年前的深秋午後，驟爾接到悅子的長子打來的長途電話。那中年的男人，我未曾謀面過，卻泣涕哽咽說道：「我母親心臟病發作，於一個多月之前辭世。我們直到今天才在她的遺物中找到您的通訊處。聯絡遲了，真是對不起。」

老朋友不辭而別，也無需道歉。只是，當時我眼前忽焉覺得一片虛白。

我選了一張素雅的悼念卡片，最後一次鄭重地書寫「お悅はん」那個悅子堅持我對她的暱稱，做為送別之辭。又附一短箋，請她的家人把卡片留在悅子的遺照下陪伴一些時間。

我航空寄出的卡片與信箋，於兩個月後原封不動退回來了。信封上印蓋著左京區郵局的戳記「查無此人」。

難道悅子的家人把那棟風雅的房屋處理後遷移了嗎？我的悼念竟迷失方向，無由傳遞。今後若再訪京都，也將無由追尋往日的軌跡了嗎？然則，歲末的歌舞伎、盛夏的祇園祭、吉野的櫻花、高雄的楓紅、知恩寺斜坡的夕照、十二段家紫屋的濁酒……，一切的記憶，難道都將如浮萍漂漾不可把握嗎？

而今，只有文字留存下來。許多事情發生過，又似消失無蹤；但是並沒有完全消失。

這些文字，代表我曾見證過的京都的一些人和事；或許，京都在其時間的洪流裡，也會容納我這些微渺涓滴的吧。

我願以這新版的序文獻給お悅はん。相信她能看得懂我書寫的中國文字，也能領會通過這些中國文字，我所表達的對她的思念；因為她的前世必然是中國人。

《京都一年》是我的第一本散文集。這些三十多年前的文章，當初是在林海音女士主持的《純文學》月刊陸續登載，其後結集成冊。純文學停業後，改由三民書局重新排版出書，文字與圖片皆依原樣，我曾另寫一篇新版序。此度三民書局為此書再次排版，頗添增一些相關照片，以供圖文相佐之用。日本近代作家谷崎潤一郎曾以三十年時間譯注古典名著《源氏物語》為現代日文而三度重版，其最後版本稱為《新新譯源氏物語》。我前此既已有新版序文，就讓我借用谷崎氏例，稱此文為「新新版序」，以為之區別前後吧。

二〇〇七年　春日

作者夫婦攝於秋道太太所經營的「十二段家」外

作者攝於石山寺

深秋再訪京都——《京都一年》新版代序

從二樓明亮的落地玻璃窗望出去，北白川通的街道看來有些陰寒，有些蒼涼。

十一月底，不知該稱為深秋還是初冬？這麼寒冷。街上往來行走的男女都豎起衣領，或者謹慎地用一隻手按住大衣的下襬，以防被迎面吹襲的冷風揚開。大概還是稱做深秋妥當些。街道上成排的楓樹枝梢尚有殘餘的紅葉顫抖著，而吹向兩旁溝渠低窪處的銀杏落葉，間歇地在水泥地上刮起黃色的枯索的聲音。日本人稱這種秋冬之際把樹木吹枯的冷風為「木枯」（音kogarashi），確乎有道理，而且饒富詩意。許多年以前，獨居京都東北區的北白川通一隅時，曾見到街頭張貼的法國電影海報，沉暗的色調中有一對不甚年輕的男女，片名譯為「木枯の吹く街」。猶記乍見這片名時，心口無端湧起淒迷欲淚的感覺；為那片名所吸引，一個人去欣賞了那個法國電影。而今，電影的細節已忘記，法文的片名也不怎麼清楚，就是忘不了日譯的淒美文字；每一念及這名字時，也總不免於當初那種無端欲淚的感覺。

枯葉落地，碰觸石板路的聲音，其實在更久之前的記憶裡已有印象。大約只有七、八歲的年紀吧，那時每天上下學必經的上海虹口公園北四川路一帶，人行道外側壯觀的巨大法國梧桐樹，在秋冬交替的時節，也總有風吹葉凋。大片成堆的梧桐枯葉，隨風刮過地面，沙沙作響。「沙沙」，這樣的狀聲詞，其實是後來讀了許多中國文學作品後才習得的；未必與童年時期聽見落葉聲的感覺完全吻合。當時稚幼的心靈究竟是怎麼接受那種音聲的呢？已不復記得；但時隔多年，沙沙作響的枯葉拂地之聲，在我懵懂的年紀裡初次留下迹近悵惘的感覺，倒是始終不能忘懷。

從二樓咖啡座的這個角度望出去，這一帶的建築物，與二十多年前相比，彷彿未變，卻又似乎有些變化。

記憶裡的乾洗店仍在原處，西藥房毗鄰而居，也依舊是在同址，至於其餘的小書店、鐘錶店、雜貨店和男裝店等等，也都依序一一是往日的排列方式。當年便是從銀閣寺道步行數十步到北白川通，然後走過這些熟悉的各種店鋪前，到了號誌燈下暫停，橫過斑馬線，再穿進東小倉町，便到達古老的京大人文科學研究所圖書館。

到底是什麼地方改變了，致令我有一些異樣的感覺呢？我攪動著杯中溫熱的咖啡，試圖解釋這異樣感覺的原因。

無雲而乾寒的藍天在我視覺所及的上方。從二樓的咖啡館俯視，對面街上那些底層的店鋪排列如故，但顯然的，所有建築物似乎都較往日加高些。我終於明白，方才走過時依稀如故的許多店面，其實大部分都改建過了。那些原本是平房或老式二層樓的洋房，如今都已經被三層樓，甚至六、七層樓的堅固新式建築物所取代了。若非坐在這對街的樓上，僅憑辨認老店鋪是不容易察覺京都的變化和發展的。

實則，我靠窗而坐的這家咖啡館，二十多年前豈不也只是北白川通與東小倉町轉角處的一家平房小咖啡館嗎？猶記得第一次走進這精選咖啡豆和講究調理方法的小店，是人文科學研究所的敦煌學專家花枝教授引領而來。推開以世界各地的咖啡豆鑲嵌在雙層玻璃的大門，濃郁的咖啡味撲鼻，也混雜了一些座中客人的紙煙味；而客人則多為京大的教授及學生，蓋以地理之故。他們在那溫暖而略嫌狹窄的咖啡館內，往往繼續課堂或研究室內的話題與談論。

二十餘年的時光流逝。當日的小咖啡館竟變成了七層樓有電梯的現代化建築物。底層專賣各種品牌的咖啡豆及磨豆煮咖啡等相關用具。二樓之上更有數層樓，也不知做何用途？至於我所坐的這二層樓，大概便是以前那個眾人擁擠煙霧騰騰的咖啡室吧。而今寬敞明亮整齊，甚至還有些高雅，但似乎缺少了些什麼。缺少的或者也包括了昔時那些衣著不講究，喜愛嚴肅地高談闊論的一群吧。往日的學生們，或者已經成了學有專長的教授，或者收斂了年少意氣風發而改走他途；至於那些教授和學者們呢？

沒有人告知花枝教授的消息。當年答允做我名義上指導教授的平岡武夫先生已於去歲作古。他晚年逐漸喪失記憶，在安養院度過若干年。去世後，竟連「人文」的後輩學者都不知道遺骸埋藏何處。我此次再來京都，最大的心願是趨赴墓地或寺院獻上一束鮮花聊表心意的，也由於扣尋無門而終未得償心願。

稍前去訪「人文」，走經過平岡教授的住宅。從細格子門的縫隙間望入，曲折的石板小徑通往玄關木扉，松樹與細碎的楓葉依舊蒼勁紅雅，而門旁的石燈籠也看不出變化，格子門上方白燈上，猶見墨痕斑駁的「平岡」兩個字；但二樓的玻璃窗有白帷深垂。那個陽光照射的書房，曾經是我造訪請益討論學問的地方。屋主人不在了，滿室書籍也不知如何安頓？熱淚不禁沿著冰涼的雙頰流下。我深深一鞠躬。平岡先生，無論您在何方，請接受這虔誠一拜。

從平岡教授的故宅繼續前行右轉，約莫數分鐘步程，便到人文科學研究所圖書館。黑色瓦頂，淡黃牆壁的二樓舊洋房，莊嚴蒼老如往昔，連庭中草樹以及石階上的苔痕都似乎像時光停止一般絲毫未變。大門前有一告示牌，用日文書寫：「閒人免進」一類字樣。二十多年前，我曾是這裡的外籍研修員，日日進出此地，當非閒人，遂未加思索地登階入內。

即使在晴朗的秋日午後，那大廳也還是晦暗如故。踐踏日久而看不出圖案的地氈，其上一組分辨不出原來色澤的灰沉沉大型沙發椅，四周玻璃櫃內的出土古器物、壁上兩幅古典的油畫，二十餘年來維持著不變的樣貌與組合。沒有生命的物體雖也有新舊之分，但陳舊到了某一種限度，似乎也就停留在那個陳舊的地步了；與物相比，人的生命何其脆弱！

我悄悄地行走在四合院式館內的走廊，一一檢視各個研究室的大門上懸掛著的名字。全部都換了新的主人，認出其中有幾位是當時室主的助教。原來在室內皓首窮經的學者，或已亡故，或已退休；然而學術的薪傳幸賴後起之輩的承襲。每一間研究室內，諒必是書籍和資料堆積雜陳，大概還增添一些電腦等的新裝備吧。走過日影斜照的陳舊迴廊，我的心情反倒有一種欣喜的感動了。

走回到晦暗的大廳，拾級而上。樓上的閱覽室內，桌椅的擺設略有別於過去，較諸往時有些擁擠，顯然是來此參閱的人更多的緣故。「人文」的建築物雖古舊，甚至有些落伍，它在世界漢學研究領域內的地位卻歷久不衰。每年自日本各地、及全球各國申請來此短期或長期研究的學者頗不少。

閱覽室和書庫的管理員，當然不再是以前那位中年溫文儒雅而熱心的森先生。從窗口看出去，有兩位中年女性。一個高些，留短髮；一個矮胖，戴著眼鏡。我向戴眼鏡的女管理員出示名片，並且說明來意。她仔細地閱讀名片上面的每一個字，忽然瞇起眼笑說：「啊，我記得您。這三個字好美喲。那時候，我還很年輕，坐在那邊。」她指著室內的一個小角落。

是的，那個時候，大家確實都還年輕的啊。

我隨便瀏覽了層層堆積卻排列有序的書庫。暖氣似乎無法完全傳送到庫房內。陰寒，而且有一種屬於舊書的氣味。什麼人躲在書堆中的另一隅，連續打了幾個噴嚏。我旋即出庫，向那位記得我名字的女士道謝辭別。臨走時，她禮貌地一再鞠躬，並道：

「歡迎您隨時再來。」

深秋的午後，氣溫轉變得很快，薄呢的外套有些不耐寒風。我在街角的公共電話亭打了一通電話給秋道太太，相約在這家新改建過的咖啡館見面。

二十餘年前，和秋道太太認識，又別離。這許多年以來，只要有機會到日本、到京都，我們總設法忙裡偷空相會。她總是用綿綿溫婉的京都腔調訴說一些自己的近況，以及許多相關的人事變化給我聽。

我且坐在這一大片明亮的落地窗前啜飲著香濃的咖啡等待，並且眺望著滿街飛舞的紅葉黃葉，和往來匆匆的行人。說不定，下一刻就會看見秋道太太從對街走過來。

不知道這次她坐在桌子的對面，會同我娓娓敘述別後的一些什麼呢？

一九九五年　歲暮

作者攝於萬福寺

作者寫作《京都一年》的京都住所

自序

前年秋天，我經國家科學會遴選赴日研讀比較文學。我的環境一向單純，生活也始終順遂，事事依賴慣了別人，所以當我決定要飛渡重洋到異國過一年單身的生活，心裡委實有些不安，更如何捨得抛下年幼的一雙兒女？若不是外子鼓勵：「去吧，這是磨鍊你的好機會！」我也許會臨時放棄的。

在京都大學人文科學研究所附近覓妥一間日式小房間後，便開始過有生以來第一次的孤獨生活。起初，終日悽悽惶惶，不知所措。白天到圖書館埋首書城，尚好打發時間，可是，傍晚時分回到六蓆的斗室裡，心中常有千萬縷鄉愁昇起，難以抑制。那二樓的房間面臨著「疏水石橋」，秋寒之夜，隔著窗聽潺潺的流水聲，真是說不出的寂寞難堪。異國的黑夜那樣漫長，我把自己鎖在房裡，面頰上的淚痕總是冰涼涼的。為了消磨獨處的無聊，我取出稿紙，弄筆自娛。果然，當人的精神專注於某一事時，時間就好過多了。我把一分一秒填進了方格子裡，於是不再去細聽窗外的風聲水聲，也忘了寂寞無聊。常常寫完一個段落停筆時，已過午夜了。

我寫些什麼呢？慶幸自己選擇了京都這個羅曼蒂克的古城，她四季有那樣多的風貌，終年有那樣豐盛的節目。我不會攝影，只能將眼睛所看見的，心中所感受的，收入筆底。我走出房間去捕捉京都的美好，卻發現她像一個風情萬種的少婦，接觸越多，越體會到她的可愛，使人深深迷戀！

我逐一尋訪京都和近郊的亭臺樓閣、古剎名園，趁記憶未褪，把心中的印象記述下來；我也好奇地把握京都的節令行事，將那些異國情調所帶來的感動忠實地保留在字句裡。開始時，我把這些耳聞目睹的事情寫下，在《純文學》雜誌發表，只是為打發那一段獨處的時間；但是連續刊登了幾期以後，寫這種遊記雜文竟好像成為我在京都的一部分重要工作，也成為我四處出遊尋找題材的一個推動力，而每月能定期地在信箱裡拿到從臺灣寄去的那一本雜誌，也實在給我莫大的安慰，治癒了我的思鄉病！有幾回，因為趕寫論文較忙，幾乎中途輟止，但是主編林海音女士一再去函催促鼓勵，而我自己似乎也本著一股「運動員精神」，願意貫徹始終，所以生活工作無論如何繁忙，也總是每期按時寄回稿件。去年四、五月時我最忙，一方面要準備在神戶舉行的「東方學會」講演，另一方面又得接待許多去大阪參觀萬國展覽會的親友。記得有一篇稿子的結尾部分是在由京都赴東京的新幹線電車內寫成的。

我住在京都的時間其實只有十個半月，但是到京都時正值秋末，而離開時則在殘夏，京都的四季變化和節令行事，算是都經驗過了。這本書裡的文章大部分正是我在京都這十個半月中所寫的，〈京都的古書鋪〉前半是在京都寫，後半是回來後完成；最後二篇則是返臺後覺得意猶未盡而補寫的，也都與京都有關。文章的編排仍依一年多來在《純文學》發表的先後順序，所以我把這本書取名為《京都一年》。一年來，我所看到的京都風物當然不止於這些，例如我寫〈歲末京都歌舞伎觀賞記〉，而觀「能」、「文樂」和「狂言」時所感受的也並不下於「歌舞伎」；我寫〈訪桂離宮及修學院離宮〉，京都還有更多寺院庭園值得紀念；我寫〈我所認識的三位京都女性〉，在京都認識的女性又何止於她們三位呢！這些，也許留待以後再寫吧。回想剛到京都時，孤零零沒有一個熟人。有一次乘電車下錯車站，迷失了方向，在萬家燈火的街頭徘徊，當時心中無限淒涼，恨不能插翅飛返；但是一年來，京都典雅的氣氛和優美的風光深深吸引了我，而我又結識了一些新朋友，他們的友誼真摯可貴。這一切，都使我對京都不能忘懷。我原想到一個陌生的地方去磨鍊自己，使自己變得堅韌起來，卻沒有料到在「京都一年」，掬回來豐富而美麗的回憶和友情，使我更肯定人生是美好的。

民國六十年元月二十八日記於臺北寓所

京都一年

目次

奈良正倉院展參觀記

在一個乾燥而晴朗的十一月初旬裡，我陪同平岡教授的夫人，赴奈良參觀當地國立博物館所舉行的一年一度的「正倉院展」。這是相當辛苦，但是精神上卻極豐富而愉快的一次旅行。

這一天上午九點半，我們從北白川的京大人文科學研究所出發，由於天氣晴朗，又逢假日，街上遊人特多。那輛比臺北市的公共汽車短三分之一的京都市營巴士，沿站容納不少的候車客，把車身脹得鼓鼓的（至少給我的感覺是如此），到達終點的京都火車站時已是十點鐘了。平岡教授一再吩咐不要在奈良吃館子，上觀光區的當，所以我和平岡夫人先去買「壽司便當」❶，再去買車票。火車站裡裡外外都是人，日本人是出名好遊山玩水的，他們不會放過任何一個假期，何況這一天是星期日，而次日又是文化之日（十月三日），連著兩天的假日，天氣又出奇地爽快。我雜在一大堆遊客裡，無形中也感染了一份興奮；興奮的是剛到京都不久就能有這麼好的機會去參觀「正

❶壽司是一種冷飯加佐料和醋，外包以紫菜的日本食物，用薄木片製盒裝，便於攜帶，叫做「壽司便當」。

倉院展」，這是我在國內時便早已聞知而心嚮往之的日本古代文物展覽。

好不容易擠上了火車，但是卻早已沒有座位，好在那一班是特急列車，沿途只停一站，從京都到奈良只需三十六分鐘。我自己站著倒不要緊，讓年紀大的平岡夫人也站著，實在於心不忍，不過坐在眼前的一位男士並無意讓位給老太太，我也就只好接過水壺和壽司便當，儘量讓她減輕負擔了。平岡夫人半輩子為相夫教子辛勞，如今兒女都已成長，各奔前程，生活頓形輕鬆，所以頗有意安享老年，各處遊玩，以彌補青春時所失去的遊賞機會。她是一位典型的日本婦女，身材瘦小，謙虛而不失大方，那雙深陷的眼睛和因多年操勞而變粗糙的雙手給人一種和藹可親的感覺。

到達奈良時，已是晌午時分，我本有意先吃了便當再去參觀展覽，一方面可以回復疲勞，另一方面又可以減輕手提包的重量，可是平岡夫人說趁中午人多午餐時去看比較不擠，老太太不覺辛苦，比她年輕的我豈能叫累？我們有平岡教授的招待券，所以這次不必再排隊買票，可以從容進去了。這所奈良國立博物館的外觀稍遜於臺北新公園裡的博物館，裡面的色調也是暗淡的，但這第二十二屆的「正倉院展」卻使得這所平凡無奇的建築物突然活潑起來。雖然是正午，博物館內的人還是不少，又因為展覽的編排是左右互參的，所以看完一件，就得擠出人群，再鑽進另一堆人群，真是不勝其煩。後來我們索性放棄依照目錄的順序，看完一排，再到對面去看另一排，這樣可以節省時間，也無需浪費精力。最前面所展覽的是佛教念珠類，有水晶玉、雜色琉璃、琥珀等數種。雖然比起我們外雙溪故宮博物院所展的古玉，不見得更具有歷史價值，但是我們的古玉是出土之寶，而這些念珠則是一千二百年來相傳而刻意保存下來的古物，這一點正是日本人所引以為榮和驕傲的。我們有優美的文字，賴以保存古代詩文，可惜在古器物的保留方面卻遠遜日本人。往年，這「正倉院展」多依類別展出，例如專門展出鏡子、剪刀、衣服，或樂器、經文等；很幸運地，今年是多年來破例的綜合性展出。雖然因為名目較多，而同類所能看到的件數減少，但是對我而言，能在一次參觀中看見全貌之一斑，未嘗不是一大快事。館內嚴禁照相，僅憑一本目錄是不夠瞭解的，我只有儘量擠到玻璃窗前，睜大眼睛，像一個餓人似地飽覽一番。

正倉院是日本皇室所有的一種特殊寶庫，相傳約在天平勝寶三年（西元七五一年，相當於我國唐代天寶十年）即已有之。它與東大寺在歷史上有極密切的關係。現今所藏古物，主要部分多係聖武天皇御物，當天平勝寶四年，東大寺大佛（即有名的奈良大佛）舉行開眼供養大法會時，上自聖武天皇，光明皇后，下迄百官庶民，無不參與盛會。四年之後，聖武升遐，是歲六月二十二日為帝之七七忌辰，光明皇后即以「先帝翫弄之珍，內司供擬之物」❷供獻佛前，藉祈冥福。其後尚有獻納，亦皆珍藏倉內。往昔正倉院所藏寶物並不對外公開，直到明治四十三年（西元一九一〇年）起，每歲曝晾之際，始許有資格者入內觀覽。至於售票展覽，則始於昭和二十三年。

館內前半部所展出的物品，除上述念珠外，還有念珠箱、剪刀、藥壺、藥碗（甚至還有烏藥之屬若干條）等器具，形狀古拙，形體卻多完好無損。接著是三數件小巧精緻的裝飾物，有犀角製魚形腰飾，有木刻而塗以彩色的水鳥形飾物等，在純白的絹上玲瓏浮突，皆栩栩如生，使人珍愛，不忍移目。最使我感興趣的是「人勝殘欠」及「桑木木畫棊局」。前者為一張長三三點二公分、寬三三公分的羅。底呈橘紅色，四周

❷二語見光明皇后御製〈為太上天皇捨國家珍寶等入東大寺願文〉。

綴以白線條花紋，猶今之鏤空絲花邊，中央有一棵樹和一小人形，中央左上方並另貼有金箔，上書十六字：「令節佳辰、福慶惟新、變和萬載、壽保千春」。據云「人勝」乃為求除疾疫，繁殖子孫，用彩絲及金箔做成人形，人日（即正月七日）做為贈答之用，可貼於屏風，或戴於頭鬢。這本是我國楚地習俗，唐代始傳入日本。此「人勝殘欠」可證明李商隱〈人日即事〉詩：「鏤金作勝傳荊俗」句。後者係一具高十五點五公分，面五十二公分見方的棊盤。盤架用紫檀木製成而以金泥描木理紋，每一面都留有兩個對稱的洞。棊局表面嵌以象牙罫線，縱橫各十九道，又有木畫花眼四十七個。邊側四面各界四格，中現淺紅、淺綠、淺黃諸色染色象牙浮雕之雉、雁、獅、象、駝、鹿及胡人騎射、牽駝諸形象。「木畫」為唐代美術工藝，觀此棊局所現浮雕人物，可想見唐人酷嗜西域的趣味。此局乃百濟王義慈進於內大臣鐮足者。唐代棊局之制，今世不甚明悉，明胡應麟曾據唐人詠棊「十九條平路」之局，疑唐為十九道，觀此局罫線可以為證。

有兩排櫥窗裡所擺列的都是樂器類，有吳竹笙、吳竹尺八、斑竹橫笛、樂矛及新羅琴等，形狀大體完好。這些樂器多屬唐樂系統，看著它們，可以想見千餘年前歌舞昇平的景象。但想到我們的祖先如何以其優越的文化影響於日本，而今我們卻要跑到別人的國度裡來追念前人文物，心中不能不感慨！

館之中央部分展列著古代武器，刀、矛、弓以及馬鞍等。不可思議的是革製的馬鞍，其附屬之皮帶等物，竟和今日所用者相差無幾。我曾聽見一對年輕的男女在感歎：「那不是跟我們現在的皮帶一樣嘛！」有一段御用甲的殘片，長約七、八公分。雖然只是幾片生銹的鐵片和殘斷的線索，卻已足令人發思古之幽情，想見馬上英姿，沙場馳騁的情形了。在中央最顯著的部位供奉著「天平寶字二年十月一日獻物帳」，這是一卷當年光明皇后奉獻其父藤原不比等真跡屏風一雙於東大寺大佛時的目錄。上有「妾之珍財莫過於此」等字，可以想見她曾經如何珍惜那一雙屏風，可惜屏風本身卻已失傳了。

與皇室御用物成對比的是幾件當日庶民所著的麻布衣服，有男女褻衣、外衣及裙、褲、布襪等，都寬大驚人。平岡夫人悄悄地告訴我：「我們的祖先都是這般高大，莫非是我們萎縮了？」真的，如果以現在一般日本人的身材來穿著這些衣服，行動必定很不方便呢。

展覽的最後部分是字跡類，分地圖、實錄和佛經三種。地圖類係東大寺開田地圖，以南面置於上方，記載著地名及面積大小，且繪有溝、道，下左方有算師，繪製者某僧之署名。字跡相當清楚，可以一目了然，是研究奈良時代東大寺庄園的寶貴資料。實錄類為國庫中寶物點驗時之目錄。寶物之點驗多在曝晾之際舉行，大體依獻物時間的順序記錄。除卷首部分稍有破損外，其他都相當清楚，可以看出平安初期寶庫的狀態。這次展出的「人勝殘欠」的由來亦可在此追源。佛經類又分手寫部分和版印部分，皆清晰可觀。據說正倉院聖語藏納有經典類七百八十三部，凡四千九百餘卷。其中寫經有隋經八部二二卷，唐經三〇部二二一卷，光明皇后御願經一二七部七五〇卷，稱德天皇御願經一七一部七四二卷，其他天平寫經一三部一八卷，天平勝寶寫經四部五卷，天平神護寫經一部三卷等。從平安至鎌倉時代寫經總計三百八十部，二千三百二十八卷。版經有寬治二年刊經一部八卷，宋刊經一二部一一四卷以及其他四十部七百五十七卷。此外，更有《老子》、《白氏文集》等雜書類一五部一八卷。換言之，即隋唐經典以下，奈良、平安、鎌倉各時代藏經之中，無論在質和量的方面，都是其他諸大寺或諸大家之珍藏所不能相比的。

看完全部展覽後，本想從頭再流覽一遍，但是眼看那越來越洶湧的人潮，只好打消此念。走出博物館，我們就在附近松樹下的綠茵上鋪了平岡夫人預先帶來的塑膠布，脫下皮鞋，席地而坐。從水壺裡倒出微溫的茶，打開壽司便當，開始享受純日本式的野餐。十一月初的奈良是一年之中氣候最佳、景物最宜人的時節，陽光當頭而不熾熱，舉目盡是丹楓黃杏。我們談笑著，分享一頓樸素而情調豐裕的午餐。

飯後略事休息，即踏上此行的第二個目標——東大寺。本來應該先去看正倉院寶庫，這樣對剛才所看的展覽較能有一個完整的概念，但是因為順著路走下來，先到東大寺，所以我們也就不必太拘形式了。外國學人東遊日本，莫不以一觀奈良正倉院展為榮，而來到奈良的人若不瞻仰大佛，也是一大憾事。踏著碎石子，我們來到大佛殿前。殿前有一八角形銅製燈籠，上有浮雕。在燈籠之後有一個大香爐，香火不絕，煙絲裊裊，看到男女老少都用雙手掬取那煙絲，覆蓋頭頂上，相傳可以使人變聰明。果真靈驗，那正是我所希望的，所以也就趕緊仿效別人，將煙絲掬蓋在頭上，心中默念阿彌陀佛。

一千二百多年前，奈良朝廷為統治天下，鞏固人心而推行佛教，普設佛寺。東大寺便是在當時有計劃的經營下，傾國財富而建造成的一座偉大寺院。僅就其大佛而言，便已耗費了銅一三三一一〇貫（一貫等於三點七五公斤）、錫二三七一貫、鍊金一一七貫、水銀六六〇貫、炭一六六五六石。可以想見佛教之推行是建立在何等的勞苦之上了。這座世界最大的木造佛殿曾遭源平時代（西元一一八〇年）及戰國時代（西元一五六七年）兩次兵火，現存的建築物係元祿時代（西元一七〇九年）再建者。東大寺外觀古老莊嚴，呈雙重式屋頂，頂上有一對金色鴟尾閃閃發光。大佛坐落在殿中央，高十六米餘，據說從鑄造至鍍金，費時共達十三年。從底下瞻仰，尤其能令人起肅穆之感。我觀大佛，以為那是揉合著宗教與藝術的偉大結晶。那一雙手的造形特別美妙，吸引我最深。大佛坐在蓮瓣臺上，這座臺是兵火下的唯一殘餘物。用望遠鏡看，可以看見上面細緻的雕痕。大佛的背後呈圓形放射狀，上有十六尊金色的化佛（佛之化身），與前面黝黑的大佛正成一對照。大佛四周有圓柱圍繞，其左後方者，下有一洞，我看到許多大人小孩匍匐而過。相傳經過此洞，可通往極樂世界，但因為洞口不大，所以太胖的人恐怕要先行減肥才能通過。在大佛身後左右各有一尊「密迸力士」及「金剛力士」，形像十分可怖。二王像之背後，門的內側各有一犬像。此四座像皆係石雕，而二犬像是鎌倉時代渡日的宋人伊行末、伊行吉的作品。

走出東大寺，拐彎向後走一段路，便到了正倉院寶庫。我第一眼就被那奇特的建築法吸引住了。這座正倉院由北中南三區組合而成，即世所謂之三倉。表面上僅是一樸素無飾的「校倉」❸而已，但南北兩倉均以三稜形木材縱橫疊積而成，利用木材對自然濕度變化之反應，天氣乾燥則縮緊而木材與木材之間可有縫隙，使乾風流通；天氣潮濕則膨脹而木材與木材之間自然封閉，是以濕氣不能侵入，加以下承石柱，整個

---

❸「校倉」為森林地帶中之一種木舍，中國雲南，蘇俄西伯利亞，歐洲瑞士等處之山岳地方亦有之，惟日本式之「校倉」屋基最高，為其特異處。

倉庫建築離地約有九尺高，故下面可以通風。千數百年前東洋的古文物得以安然無損保存至今，實有賴於此「校倉」之效果！中倉建築法與南北兩倉不同，所用之木材為方板，據云乃後之增設者。三倉創建年代，雖無法確知，然此倉庫原為東大寺之寶庫，大約在天平勝寶三年（西元七五一年）大佛殿落成之時，為納寺寶關係，既已有之。我們去的時候，正值「正倉院展」期間，特別開放正門，供遊客參觀，但距建築物前約十米處設有繩索，所以不能走到跟前。如今這座古老的建築物本身已成了歷史的陳跡，專供參觀，而裡面的寶物已遷至附近一所新建的鋼筋水泥倉庫裡。不過日本朝野頗有人懷疑，新式建築物是否確能比千餘年來的古老建築物更有保護古寶的效果？他們持此懷疑論的理由是：千餘年來事實已證明了「校倉」的特殊防潮效果；而水泥的抗濕能力是十分薄弱的，他們甚至認為即使乾燥機亦未必能發揮太大的功效，而寶物之遷入新庫，唯一值得告慰的僅是能逃避火災及雷擘而已。聽他們這種說法，我想起若干年前我們的故宮寶物從霧峰那簡陋的倉庫搬到外雙溪的博物院，並沒有受到什麼指責，大概是因為我們沒有千餘年歷史的「校倉」的緣故吧。

這座千二百多年來鞠躬盡瘁，如今已退休的正倉院寶庫，像是一個老而彌壯的人，屹立在我們眼前，令人肅然起敬！雖說日本宮內省為了防備火災會造成寶物的損害，而特別新建了倉庫，但千多年來，這所木造之屋竟能逃過種種的天災人災，而安然保存了日本的國寶，卻是不可思議的一件事。在寶物未遷出之前，雖然「校倉」自有其獨特的防潮效能，但日本官方對這批無價之寶確實也盡到最大的保護工作了。據所聞：歷代以來，這所高架的倉庫，平時嚴扃，每歲僅於十一月初旬（由於奈良為一盆地，平時潮濕多雨，唯有十一月初，氣候乾爽），臨時倉外設梯升降，由天皇特派遣使者拆封，開啟庫門，進入庫內。清點寶物，順便使之通風曝曬，點驗完畢，再行封鎖。第一次曝晾在延曆六年（西元七八七年）。起初以點驗寶物品目數量為主，而曝晾為次；如今則以曝晾為保存之途，所以利用「御開封」的期間，一方面聘請專家進行檢驗通風，更換防蟲劑，上油等保養工作，一方面則趁此機會陳列部分品目，供人參觀。

這天，我們只能由正面觀看正倉院，所以費時不過十分鐘左右。可是這座曾經是天然木材素白色，如今因年代久而變成黝黑的樸素木屋，襯著遠近深淺的紅葉黃葉，給我的印象是永久不能遺忘的。看完正倉院，繞過背後的牆走出來，太陽已經西傾了。在柔和的斜陽下，有鹿群散步在園中，奈良公園的鹿聞名遐邇，這些不受圍欄拘束的鹿群是遊客的寵物，園內有人出售鹿餅。聽平岡夫人說，觀光的淡季裡，只要有遊客來到，鹿群便從四方目光炯炯地圍攏來，互爭遊客手中的餅。但是這幾天來，遊客太多，鹿已吃膩了餅，再香的餅也吊不起牠們的胃口了。我看到一隻小鹿拒食女學生的餅，掉頭而去，也看到三三兩兩的鹿懶洋洋地躺在水池中央的小島上打瞌睡。是過多的遊客使牠們厭煩了嗎？在淺谷中，有一對鹿兩角相牴，互相摩擦著。我這才發現所有的鹿頭上的角都是短的，像是剛走出理髮店的人一般不自然。平岡夫人告訴我，在每年十月下旬裡，此地要舉行給鹿鋸角的儀式。由兩三個人拖住鹿身，一個人拿著鋸子，把鹿角鋸下；否則過長的鹿角會變成武器，傷害遊客。想起《史記・滑稽列傳》優旃諷諫秦始皇的一段話❹，於此得一應證，可知斯言不虛。鋸下的鹿角多製成標本，

---

❹《史記・滑稽列傳》：「始皇嘗議欲大苑囿，東至函谷關，西至雍、陳倉。優旃曰：善！多縱禽獸於其中，寇從東方來，令麋鹿觸之足矣。」

或加工成為煙斗等紀念品。至於鋸鹿時掉下來的粉末，則預先用紙接好，可以入藥。只因一年之中氣候難得如此爽宜，許多儀式行事都集中在這個時候，奈良之秋，堪稱是「多事之秋」啊！

在眼睛忙著看，心靈忙著享受的時候，疲勞與我們遠別，但是等到看完、享受完，踏上歸程的時候，它卻緊隨著來到。奈良車站和來時的京都車站一樣，到處是紅紅綠綠，人山人海。我們想買訂座的車票，可惜窗口早已掛出客滿的牌子。失望之餘，走回去排隊，偏又遇到普通快車。車門一開，秩序大亂，有辦法的人先搶到位子坐下。此情此景，與在臺灣時並無二致。沒有位子坐，只好以富有祖國情調解嘲自慰。抱歉的是平岡夫人也陪著站在擁擠的人群裡，而我卻絲毫無能為力。四、五十分鐘的路程像是一條漫長的路。我們再也沒有交談，為的是想節省一點體力消耗，可是仍感覺到自己體重似乎越來越增加，雙足幾乎不能支持了。算算從早晨九點半出發，到現在整整有七、八個鐘頭，其間除吃午飯時休息了約莫半小時外，其他時間不是走著，便是站著，怎能不累呢？從京都火車站換乘慢吞吞的有軌電車時，總算有了又軟、又暖的紅絲絨座位。我們把身體儘量放鬆，享受了幾小時以來的奢侈的「坐車」。聽著那叮叮的聲音，差點兒要睡著了。

把平岡夫人送回家，再折回距離不到五分鐘遠的住宿處時，天已經完全黑了。走進六蓆的房間，有一股深秋的寒意襲人。這兒不是我的家，這裡面沒有親愛的家人在微黃的燈下等待著我。我孤孤單單地聽著自己的腳步聲，登上這二樓的小房間。但是扭開了那四十燭光的日光燈，心裡卻意外地有一種安慰的感覺。人總是要有一個屬於自己的小小的巢啊！

奈良正倉院

東大寺大佛殿

京都茶會記

深秋的京都，早晚雖然寒冷，但白天大致晴朗，而丹楓黃葉與遠山相映，風景特別宜人，所以各形各色的聚會最多。來此不久的我，對日本古都的一切都懷著很大的好奇心，於是承一位茶道老師的好意，我有幸在同一天裡參加了兩次茶會。

早上九點半，我們步行到京都市東區的銀閣寺茶會場。在進屋玄關處有一收費處，每人繳納日幣三百円的茶會費，即可脫鞋入內。走過曲折的迴廊，來到一間候客室。茶道老師在紙門邊跪下，輕輕拉開紙門入內，我也跟在後面膝行而入，隨手掩上紙門。只見室內已有幾位中年婦人，都穿著素雅的和服，圍著炭爐輕聲談話。茶道老師馬上跪著行禮，並和大家寒暄。這時室內所有的人也一起低頭行禮，大家口中念念有詞，所說的內容無非是：「天氣變冷了，請多保重」，「久未相見，家中大小可好？」之類的話語，但是幾個人同時說出，只聽見一片嗡嗡之聲，根本分不出誰說什麼。但日本人似乎早已習慣此道，彼此之間未必聽得見對方所說，而即使聽不見也無妨，因為內容範圍是可想而知的，所以大家只管自說自話，一時間屋裡幾個頭，此起彼伏。我雖然不認識別人，也不會那一番客套，卻也感染了當時的氣氛，所以也跟著把頭低下，久久才敢抬起。寒暄既畢，就移到上面，參觀茶會主人所用茶器的各種大大小小木箱，上有墨跡、有圖案，可供玩賞。這一天，因為天陰，氣溫相當低，我脫去了外套後，只剩一件毛衣，背上有一絲寒意襲入，承茶道老師的介紹，大家挪出了一個位置給我，使我僵冷的雙手能在炭火上得到一點溫暖。日本人很重視客套，日本婦女尤其有讚頌別人的天才。我聽到她們讚頌那些木箱，讚頌主人所插的花，甚至讚頌那烤火的炭爐——一具用整個木材刨出木心所成者，以及彼此之間相互讚美所著衣服之名貴講究。整個房間之中，唯一沒有受她們讚頌的，恐怕只剩那一張大家所坐的古舊地毯了，因為那一條紅絲絨的地毯原先可能很名貴，但年代已久，毛多磨損，有幾處並已露出底來，也實在不值一讚了。

茶會原定九點四十分開始，但客人三三兩兩來遲，先到的人不得不閒談等候著，據說這就是所謂「京時間」，充分表現出日本古都人民的優閒生活。茶道老師悄悄告訴我，對於茶會，你不能期待它何時開始，或何時終了，因為茶道是一種藝術，一種享受，應該順其自然。身為一個中國人，我似乎也能瞭解這種東方式的優閒情趣。趁著等人的時間，我一邊傾耳聽那些婦人們的京都腔調的談話內容，一邊用眼睛仔細觀察大家。這房間裡，除了我，沒有一個人小於四十歲的，平均年齡大約是五十餘歲吧，更有一兩位顯然已超出六十五歲了。彼此所談的話題，不是兒女媳婿，便是家中所蓄養的狗貓，可見她們在時間和金錢上都相當充裕。在這早晨十來點鐘的時候，一位普通的日本家庭主婦該是送走上班的丈夫和上學的孩子，要打掃家，要洗衣服，要上市場採購等最忙碌的時候，她們為了現實生活，不會有閒情逸致來赴藝術的茶會。而這些上了年紀的婦女，她們半生操勞，已有成就，當家的棒子已交給較年輕的下一代，自有充足的理由出外享受社交生活。雖然這是純屬於女性的聚會，但看她們興高采烈的交談，可以想見其內心的快慰和滿足了。

等了約莫一小時，走廊上出現一位年輕的女孩子，向大家行禮，邀請客人入內。再走過一條長長的走廊，便來到了茶會會場。這是兩間相連而中隔紙門的房間，一間做會場，一間則充準備室用。這間會場有十二蓆大，內部陳設極整潔雅緻。三面鋪著藍色地毯，一望可知是為茶會客人而設。對著門的左方有一方形爐炕，上置舊式茶鑪，此即茶道主要道具之一。

客人陸續進來，大家爭著靠門的下位坐下，互相推讓，無人敢居上位。最後公推一位年紀最大的婦人坐在那靠爐炕的上位，大家依次排坐下來，我敬陪末座，在靠門的倒數第四位坐下。因為最上和最後的坐位禮節特多，照例都是保留給資格最深的人。放眼望去，一室肥環瘦燕，只是大家都是上了年紀的婦人，所以和服的顏色也都是暗淡而樸實無華的。

待客人坐定後，女主人出現，向客人一一寒暄致意。她是一位五十歲上下的婦人，面貌十分端麗，是一位典型的「京美人」，她那黑色而下襬有花的禮服，襯著細白的肌膚，更顯出高貴的氣質。茶會開始，由三、四位年輕的少女——女主人的弟子，端出各種茶道用具，從茶罐、杓、碗，以至果盤等，由於每人一次只能端出一件或兩件，所以大家輪流進出著。她們每個人都打扮得花枝招展，所穿的和服也都是粉紅、嫩黃、淺藍等嬌豔的顏色，所以一時間令人眼花撩亂起來，我第一次感覺到和服的美和不可抗拒的魅力。這些少女的出現立刻引起了客人們的讚賞。女人品評女人的眼光是冷酷的，但畢竟青春是一大資源，與翩翩花蝶似的這些年輕少女們相比，滿座客人便顯得暗淡無光了。我注意到這些少女雖都穿著和服，走著內八字形的步子，表現純日本式的作風，但她們臉上的修飾卻都是很現代的，甚至有一位極可愛的女孩，把那一頭鬈曲的短髮染成了棕紅色。在她身上，我似乎看到今日的京都——一個極力想保留傳統，卻又不可避免地接受現代文明的都市。

用具全部端出後，女孩子們暫時退入鄰室，只留下一位正襟危坐在爐前，開始用方巾折疊成小方塊，一一擦拭茶具，動作嫻雅而熟練，臉上的表情則柔和而莊敬。這時，女主人將果盤端到炕爐邊的主客前，客人向女主人行禮後，再向第二位客人行禮致歉，然後用那盤上的筷子夾取一塊糯米做的甜點，放置在自備的白紙上，把筷子上粘著的糯米糕用紙巾的一角揩拭乾淨，放回原位，再將果盤推給第二位客人；如此順序下遞。除了糯米糕外，尚有做成楓葉、松針形等代表季節的糖，也由客人各取一份放在紙巾上。點心取妥後，可逕自用手托起紙巾，以自備的小叉食之。據說先食甜點的目的在中和茶性，並以先甜後苦，增加茶的甘芳。在客人享用糕點時，爐前的女孩子已擦拭完畢，開始沏茶。她仍保持不慌不忙的優閒態度，先用長杓舀取鑪中的熱水，倒入茶碗中，次將茶筅（調茶竹器）置入碗中，徐徐攪動，此舉目的在用熱水溫暖茶碗，並使茶筅柔軟。其後將水倒出，用方巾拭乾茶碗，另用一小茶匙，從茶罐中舀出二匙綠色茶末（茶道所用的是粉末狀的茶葉），置入碗中，再沖入熱水，然後以茶筅快速上下攪動，直至粉末和熱水完全溶化而呈泡沫為止。這是表現茶道工夫的精華所在，既要動作嫻雅，又要注意勿使茶末灑出，或水滴濺溢。至此茶已沏好，由主人或其弟子將碗略轉兩下使茶碗最好看的部位向外對著客人，以雙手遞給客人。客人受茶，先向主人致謝，再向第二位客人道歉，然後用雙手端起，也將茶碗略轉兩下，再使上面的花對著主人，分三口半飲盡。飲畢，用右手食指及大拇指拭去唇印，將茶碗置於膝前，然後左右上下地欣賞茶碗，一邊讚賞茶的味道，一邊又讚頌茶具的考究；不但品茗，且兼鑑賞。有人告訴我，茶道可以學習十年、二十年，甚至持之以恆，用一輩子的時間，其原因恐怕即在此。因為一個人所要學習的不止是做客及沏茶的禮節而已，同時也包含著茶席之間對藝術鑑賞的問題，而這是一門大學問呢！飲畢，欣賞完，空茶碗即由女主人的弟子收去，交給在爐前沏茶的人。日式茶會並非大家一起共飲，而是一個個順序品茗的，所用茶碗亦只有一兩個，飲畢涮淨再沏，所以席間有充裕的時間，賓主之間遂得利用這段時間談話，然而話題大體不離茶與茶具。客人每好向主人發問茶具之來源，或室內擺設之意義等，而主人則有義務回答客人所問，並以此為殊榮。一隻樸質無華的茶壺，可能價值千萬，一個小小飾物，也可能是百餘年前的古董；而沒有這些排場，是開不成正式的茶會的。可想而知，這是屬於部分有錢及有閒階級的特殊享受了。不過，此間一般較保守的中上階級婦女多願花一部分時間來學習茶道，她們倒不是以開茶會為目的，而是認為從那沏茶待客的練習之中，可以培養一個婦女的優美情性。

整個茶會的進行是單調、重複而有節奏的，自始至終，費時約一小時，但是第一批客人走後，又有第二批客人在候客室等著，對於做主人的，這將是緊張而辛苦的一天。茶會後，我流連銀閣寺，瞻仰這所日本古都有名的寺閣。銀閣寺為一四八二年室町時代將軍足利義政仿其祖父足利義滿所建之金閣寺而經營者。閣分上下二層，下層為住宅部分，供奉觀音像；上層曰「心空殿」，設有華頭窗及迴廊。閣之內外均飾以漆，本欲仿金閣寺（金閣寺內外貼有金箔）而貼以銀箔，以之抗衡，惜志願未遂而身亡，後世遂仍以「銀閣寺」名之。今日之銀閣寺，其漆已剝落，外觀暗淡，已不見昔日之光采，且寺閣本身規模亦不大。然而庭園設計，以及環境的優雅，頗令人追思當年屋主人費心之一斑。此園進門處以密植樹木構成之天然樹牆圍堵，高達丈許。遊人踏石板而入，隨處可見高矮叢木，間有細白砂敷道，上面帚痕清晰可見，或呈平行狀，或呈放射狀，皆潔白醒目，與路兩旁的青苔相映成趣。銀閣前方，堆砂成丘，狀如圓錐而削平其頂。據說這是為當年足利義政月夜賞園時，藉白砂反射月光，以照明園景而設的。遙想當年心空殿上設宴，天上的月光與地上的砂光互輝相映，其景其情，必定十分曼妙。後園有曲徑通幽，遍地是青苔，有一種苔，較普通苔草長而難栽培，但由於京都多雨，此區又近山麓，常年陰濕，故得天獨厚，無需照料可自繁衍。園的盡頭便是東山之麓，山下氣溫較低，所以楓葉已經轉紅，滿山紅綠相間，十分悅目。在庭園設計之中，這種借山為景的辦法是最上乘的。山麓之下有一泓潭，清澈見底，引出涓涓細流，通向園中央的池中。相傳此潭即為義政沏茶所用之水，不知方才茶會沏茶所用的水，是否也是此潭中水？

午餐後，略事休息，隨即雇車趕赴另一茶會。這個茶會的主持人係京都一大世家的後裔八木先生，茶會會場即設在其宅內。我們的車在面臨一條濁水的大宅門口停下，從大門步行入內，只見庭園寬敞，卻荒蕪乏人照料，那座巨大的日式房屋業已偏廢，只有左側門略見整頓，正門和右側門前廢紙箱、塑膠筒等堆積如山，頗有礙觀瞻。從玄關到客廳，有一條長長的走廊，由於天陰且房屋太大，顯得陰森森可怕。走廊盡頭的兩旁陳列著一些佛像、酒缸、花瓶等古董，但由於光線不足，所以無法看清楚。

客廳由二十四蓆大的房間兩間相連而成，鋪滿著綠色的地毯，所以看不到榻榻米。在這下午兩點鐘的時候，卻開著電燈，而所有的燈泡都外罩以日本燈籠，看來饒有情趣。室內中央放置一炭爐，早已有三位婦人圍坐取暖。宅主八木先生，身材清癯，著和服，蓄長髮，戴眼鏡，一眼可以看出是典型的日本紳士。他對於我這外國的不速之客表示歡迎，並領著我們一一介紹陳列在房間裡的許多碗盤。八木先生是碗的收藏家，他很自豪地說，當今日本碗的收藏者，無論從質和量而言，都以他為第一。他收藏的碗有三百多個，其中有很多是桃山時代（西元一五七三～一六一四年）的。在進門最醒目處，且供奉一套有德川幕府家徽的木質塗漆膳具，由飯碗、湯碗、餚碗及放置醬菜類的小碗等四碗組成的一組，置於一四方几上。几與碗皆呈朱紅色，碗內部則為黑色，各有金色徽紋。這一套價值非凡的膳具，主人卻讓我們隨意觸摸觀賞，這是在博物館參觀古器物時所不可能有的好機會。我端起其中一碗，覺得相當重，八木先生說明那是因為東西考究，施漆次數多的關係。大大小小的碗，在外行人看來，無非是外朱裡墨，外墨裡朱，或外朱裡金等不同顏色配合的古碗而已，可是在八木先生的解釋之下，各有其來源及意義，他滔滔說來，真箇是「數家珍」，看他眉飛色舞的樣子，與其說他是在盡主人為賓客說明的義務，倒毋寧說他是在享受和陶醉自己的演講呢。在眾碗之中，有一個來自高麗，一個來自印度；前者形狀色彩均與日本碗相仿，後者係暗紅色而施以精緻的金色花紋者，風格較為特出。

內室所陳列是更為名貴的，據說每個碗現時的行情皆在日幣萬円以上，參觀者也就以格外謹慎和羨慕的眼光來看它們。有一套黑色的碗，周圍滿嵌螺鈿，花色細緻可玩，是仿我國宋代的螺鈿器，八木先生嘗自詡：雖以之入國庫不為過也。另有一套紅色的碗，圖案深受西方藝術的影響。八木先生說：此為日人崇洋之始。看完所有展出的碗，最後擺著一組書案和墨盒，流覽這近百的碗，又聽過主人詳盡的說明後，連我這十足的外行人都可以辨出這是一套上乘的漆器了。案與墨盒同屬黑底而繪以金色與丹砂的風景，那金色的部分係以純金嵌成，故閃閃有光。盒蓋內部繪有與外面相同的風景，下方有製作者的署名，可見當時製作的人必定視此為藝術品，而無論案與盒之形體、色彩、圖案以及漆工都是堪稱一流的。

在我們參觀這珍貴的私人展覽時，客人已到齊了。與上午銀閣寺茶會所不同的是，客人之中有男有女，這大概是因為主持者是男性的緣故吧。茶會進行與上午相仿，不過氣氛比上午輕鬆。沏茶由一位中年婦人主持，客人成一排，主人坐在前方，親自為客端茶。席間談笑自如，我自己因為已經有了上午的一次經驗，所以表面的動作禮節均已學會，只要依照別人按部就班做，所以也就不覺得太拘束了。八木先生除了是碗的收藏家，同時也經常自己燒焙碗盤，這次茶會所用的碗盤，特選用自製者，亦尚不失古拙之趣。室內的插花，多採野菊荻草等，頗能自創一格，表現主人的雅興。據云：開茶會雖係闊綽之舉，但以含蓄收斂為原則，故會場所用之插花宜避免華麗，多採玲瓏小巧者。

這次的茶會雖然客人較少，然而賓主歡談較久，所以也費了一小時。經過上午和下午這兩小時的席地危坐，我的雙腿已開始麻痺，超過所能忍受的程度。茶會終了時，一時無法站立，揉擦許久，才搖搖擺擺地起身直立。開始步行時，無意間發覺，自己竟也走著內八字步。心中不禁暗笑，大概是雙腿坐久而失力，無法平衡的緣故吧。這幾個鐘頭裡的所見所聞，雖只是一些表面而膚淺的，然而「入境問俗」，多少滿足了好奇心，並使我更進一步地接觸此邦人士生活的另一面了。

茶筅

茶道

銀閣寺

歲末京都歌舞伎觀賞記

日本人管十二月叫「師走」。本來「師走」是陰曆十二月的異稱，由於現在日本政府和民間都不再作興用陰曆，所以它也就變成了陽曆十二月的代名詞了。關於為什麼叫十二月為「師走」，我曾經請教過日本朋友，他們告訴我有二說：一是意味著十二月為一年之終，很多事情都要在新年來臨之前辦妥，一年來成績不佳的學生，更要在年終之前勤跑老師家裡，多多送禮討好；另一說則頗為揶揄清苦的教師，謂在這一年之終，家家為準備過新年，需要不少預算，教師只好在寒風中挨家挨戶去向學生借錢以渡難關。姑妄言之姑聽之，月曆一翻到最後那一張，整個日本都顯得緊張忙碌起來：政府要對一年來的行政業務舉行總檢討和結算；商店要以聖誕和歲暮來刺激顧客的購買慾；而一般家庭則要忙著大掃除和迎接新年；即使實際上並沒有什麼事情好忙碌的人，也會被掛在人們口頭上的「師走」這兩個字，弄得無端不安起來。至於「師走」給予遊子的感觸，則是濃濃的鄉愁。王維那句「每逢佳節倍思親」真正道出了千古離子的衷曲！

在優閒的西京，「師走」的情調尤其濃厚，打從十二月十三日開始，歲暮的氣氛就逐漸增加起來。這一天，京都的舞妓們要準備「鏡餅」——一種由大小二扁圓形糯米餅相疊而成的日式年糕，到她們的師傅那裡去謝師恩，師傅們則以舞扇一摺答禮，師徒之間年年保持不斷的禮節，這是古老的習俗，饒有情趣，叫做「事始」。

在十二月的寒風拂過鴨川❶的水面時，京都居民的心底卻另有一種興奮與期待，那就是綿延三百餘年傳統的年終歌舞伎大表演。京都是日本歌舞伎的發祥地，自從慶長（後陽成、後水尾天皇年號，西元一五九六～一六一五年）初，由出雲巫女阿國❷在京都的「四條河原」策劃演出歌舞伎表演以來，這個古典藝術的年終大表演即成了京都市民每年歲暮不可或缺的一大盛事。在部分比較保守者的觀念中，甚至於有不看此年終歌舞伎表演即不算過年的想法。三世紀來，這個羅曼蒂克的享受已成為此間許多人生活中的例事了。這個一年一度的歌舞伎大表演，實際上乃是集合了日本全國第一流歌舞伎演員的聯合演出，所以表演者有的來自東京，有的來自大阪，這些來自四

❶鴨川，河名，流過京都市區。
❷出雲巫女阿國，慶長初（約一六〇〇年時代）出雲大社的巫女，名阿國。相傳為歌舞伎創始者。

方的藝界佼佼者，與京都本地的演員在四條河原的南座劇場同臺演出，各人表演自己最拿手的一段戲。這情景等於是役者的表演競賽，演技自然熱烈而精彩，難怪京都市民要視此為盛事而大感興奮了。他們管這年終的歌舞伎役者聯合表演叫「吉例顏見世興行」。「顏見世」本來的意思是歌舞伎班主於每年終了時重新招聘役者，訂合同，而將新的班底公之於世的一種介紹性的演出，所以每一個役者都要登臺表演一下，後世遂以名角露臉稱為「顏見世」。在京都，你只要簡稱「顏見世」，任何人都會知道是何所指了；而當你簡稱「顏見世」的時候，你也會感覺自己與京都更加親近些。為了去欣賞這一年一度的「顏見世」，京都的婦女自古又另有一種女性特有的興奮心情，即藉此一大盛事，把自己打扮得花枝招展。因為這是京都，甚至於來自全日本的各界仕女會見的場合，所以她們也特別花時間和金錢在自己的衣著上。從來京都的婦女就以講究穿著著名。日本人稱講究吃的大阪人為「吃倒」；稱講究穿的京都人為「穿倒」。大阪人為山珍海饈，可以傾家蕩產；京都人則為綾羅錦緞而傾家蕩產。京都的貴婦名媛，為這盛事置裝，往往不惜一擲千金。這樣看來，這古都的歲暮盛事，真可謂臺上臺下的大「顏見世」了。

在聖誕鐘聲頻傳的「師走」日子裡，承秋道太太的邀請，我這異國遊子也參加了京都此一年終盛事。表演分日場和夜場兩部分，節目內容不同，演出時間則同為六小時，各五場。我們看的是日場部分，為了實踐答應秋道太太的諾言，我忍著酷寒，一大早就脫下近日來每天穿的厚毛衣，換上從臺灣帶來的唯一的正式禮服——一件無袖黑旗袍，外罩有紗袖的黑色繡金短外衣。在那沒有暖氣設備的六蓆房間裡換穿衣服時，忍不住牙齒打顫，手腳發抖，但是「君子重然諾」，我不能失信於秋道太太，她要看中國婦女的盛裝模樣，今天即使冒感冒之險，也不得不穿上這身旗袍給她看。心中暗自好笑，今天整個南座戲院中，真正要「穿倒」的，恐怕只有我一個人了。因為日本婦女所穿的和服是相當保暖的，而我這兩隻裹在紗袖裡的胳膊，怎麼耐得了京都的十二月寒氣呢！

九點三刻，我披上一件有毛領的黑色厚大衣，走出住宿，到巷口去等候秋道太太。天氣雖是晴朗的，但是寒風冷得真教人難受。身上有厚大衣可以擋風，暖和多了；戴著皮手套的雙手，插在大衣口袋裡，也尚能忍受；只有那一節只著尼龍絲襪的小腿，直接受刺骨的冷風吹襲，最為受罪；雙足隔著高跟鞋，也像是踩在冰上一般冷。幸而秋道太太的車子準時而來，鑽進那輛有暖氣的計程車裡，身心像是受到保護一般的舒展和安慰。秋道太太穿著紫紅色系統的和服，那流動的線條，和絲綢的柔軟質感，使今天的她看來特別富於東洋情調。她早幾天借給我一本說明書，我已先大概流覽過每一個節目的情節，所以我們的話題就自然轉到歌舞伎。我擔心著，這是生平第一次看日本的古典藝術表演，雖然我可以聽懂普通的日語會話，但是對於歌舞伎舞臺上的特殊用語，卻全然不知，對於是否能欣賞，也毫無信心。

從京都東區的北白川到鬧區四條河原不算太遠，在我們愉快的談笑間，車子已停在南座正門前了。這一座三層樓的日本桃山時代式建築物，有黑瓦屋頂和朱白相間的外觀，雖然房子本身並沒有什麼特別引人之處，但是由於它擔任了三百多年來京都的年終盛事，所以對京都的人而言，該是有情感上的特殊意義的。房子正面二層樓部位處掛滿了一排排的長形檜木牌子，上書演員名字，那墨跡猶新的字體，整齊而富於圖案趣味，較我國仿宋體略為渾圓。我正抬頭好奇地注視，秋道太太告訴我，這叫做「勘亭流」，是歌舞伎專用的字體。在演員名牌之下，有橫著一排的彩色浮世繪❸式廣告，表現日夜十場戲的代表場面。右側同部位處則掛滿了白色紙燈籠，乍看像是幾十個月亮。整個南座的正面給人的感覺是色彩不協調，卻是洋溢著喜氣的。「顏見世」從十一月三十日開始，到十二月二十五日閉幕，演出期間約為一個月，配合這歌舞伎的上演，南座前的一條街，兩邊人行道上都豎起了朱紅色的柱子，上面裝著白色燈籠，使附近平添古典和熱鬧的氣氛。我們來得較早，門口卻已有不少觀眾徘徊候人，男女老少皆有，而以中年以上者居多，間亦有一些金髮碧眼的觀光遊客。絕大多數的日本婦女都著和服，梳著高髻，也有染紅髮穿迷你短裙的少女。南座的內部是西洋式的，座位有紫紅絲絨，地上也滿鋪地毯，然而卻予人掩不住的蒼老印象。舞臺及觀眾席也不及臺北市中山堂的一半大。我們的坐位在中央前面的第五排，算是最好的位置，據說二樓和三樓的觀眾需借助望遠鏡，始能看清演員臉上的表情，聽起來也相當吃力。歌舞伎

❸ 浮世繪，日本江戶時代繪畫之一派，以現實風俗世態為題材者。

舞臺與普通舞臺大致相同，所不同者，在左側約三分之一處有長廊通往門口，叫做「花道」，把觀眾席分成左右兩部分。

十點正，電鈴響，幕徐徐上昇。舞臺中央，搭著內景，只見一古裝婦女端坐在上方，服飾豔麗奪目，臉部和手都塗滿白粉。歌舞伎在阿國創造時，原係由女子演出，後以亂風紀，德川幕府禁止婦女表演歌舞伎，一律改由男役者表演，後世相因，遂成定例。所以凡女角，都屬男性反串，卻能酷似亂真。不久，觀眾席間響起熱烈掌聲，大家都回過頭去看，原來從後方花道上走出一老一少兩婦女。這種出場的方式，較從正面舞臺出場別致，由於演員從觀眾旁邊走過，故可以看得更清楚，也可能更容易令人產生共鳴吧。當花道上的兩位演員出場時，戲就正式開始了。這時坐在舞臺右前方的兩個男人，一個彈三味線❹，另一個端坐書架前，將戲文唱起來。他們兩人叫「囃子」，都穿著深色的日式禮服，表情十分嚴肅。起初我聽不慣那說書的腔調，像是把字句含在口中似的，然而卻感到唱法之中，有抑揚頓挫；嚴格說來，那不是唱，而只能

❹三味線，日本俗曲樂器，張三弦，可以撥彈之。

算是吟。所以發音特別，乃是在使聲音平均分布全場，使前面的觀眾不致於太刺耳；而後面的觀眾不致於聽不見。唱書的人只管敘事部分，對白則由役者道出，而敘事與對白配合得分秒不差，十分自然。普通一般觀眾只注視舞臺上演員的動作表情，耳朵則注意聽唱書，我是第一次觀看歌舞伎，十分好奇，所以既看演員，又看「囃子」，十分費神。原以為歌舞伎定像京戲，是屬於唱的，沒想到也只是說而已。自然，那腔調也有誇張和特殊發音方法，與普通說話是全然不同的；又由於戲文是古典的，所以除非有相當的日文根底，恐怕不容易聽懂。大體言之，歌舞伎演出方式，有類我國說書與戲劇之配合。歌舞伎演員的動作表情也有某種程度的誇張，尤其扮武士的男角，常有類似「吹鬍瞪眼」的表情，頭微仰，嘴角下撇，雙眼呈鬥雞眼狀，配合著誇張的臉譜，初看頗覺怪異，然而此表情一出，每每能贏得全場喝彩。後來我體會到，這是歌舞伎的特色，我們無論看西洋歌劇或京戲，都要超越現實的觀念，將自己融入那古典氣氛裡，接受那特有的誇張情調，而後始能欣賞其美，看歌舞伎又何嘗不然呢。於是，我暫時設法忘記自己是外國人，儘量用日本人的眼光去觀看舞臺，果然這一努力，使我逐漸能接受臺上的表演，而不再感覺怪異不自然了。雖然秋道太太告訴我，歌舞伎役者的嗓門兒也和他們的表情一樣重要，而我也相信這是必然的條件之一，可是據我個人的看法，他們對嗓門兒的要求似乎不如歌劇及京戲的嚴格，因為有好幾位扮女角的演員，聲音實在並不圓潤，未若我們京戲中青衣、花旦所唱的嬌柔動聽。

歌舞伎也和京戲、歌劇一樣，情節和戲文都是固定的，內容則多取自歷史故事，而以描寫情理的衝突與矛盾者居多，所以能雅俗共賞。京都的人每年歲暮來南座觀看歌舞伎，並不是來看新的情節；同樣的戲，由不同的役者演出，往往有不同的意境，其間頗分軒輊，能表現出各人的藝術造詣。他們甚至於懷著期待的心情，等著聽某一位役者唱出自己所熟悉或喜愛的歌舞伎名句，有時役者絕妙的演出也能引起觀眾熱烈的喝彩，這情況和我們的老戲迷聽戲，並無二致，而藝術之所以不朽，其因蓋在於此。

每一幕戲上演時間約一小時，中間有十分鐘休息。上午二幕戲之後，則有二十分鐘的休息時間，供觀客午餐。有的人自備午飯，在座席上吃，沒有帶飯的人，也可以到戲院附設的販賣部購買「便當」吃。我們到二樓的餐廳，去享用預先訂好的半月型便當。日本人習慣吃冷的飯，而佐以熱湯，菜餚則絕大部分為魚，所以味道十分清淡，這和喜食油膩獸肉的中國人很不相同。餐廳中紳士淑女十分擁擠，婦女們的和服在此得到展覽的機會，她們花花綠綠的配合，的確令人應接不暇，然而我的一身黑色而式樣簡單的旗袍也頗吸引了她們的注意。想起「穿倒」那句話，我忽然覺得自己像是來到百花競豔、孔雀鬥屏的園中了。飯後，在走廊的咖啡攤上買兩杯咖啡，站著喝。這走廊相當寬敞，卻也同樣擁擠，兩排背相對的長沙發椅上，早已坐滿了衣著華美的人。許多人都和我們一樣站著，大家笑著、談著，把忙碌的「師走」暫時擱在腦後，從早晨十時到下午四時，將身心浸淫於古典藝術的欣賞中，整個南座大樓中，蕩漾著古都的優閒與和平情調。

午後第一場戲為歌舞伎名劇「一之谷戰役」，故事取材自鎌倉前期兩大貴族源氏與平家的恩怨戰爭。這是典型的古典大悲劇，寫公私情義的衝突與矛盾。內容包括君臣、父子、友朋之誼。在錯綜複雜的關係中，表現人世無常的悲哀。《左傳》有石碏「大義滅親」的故事，然而石碏之子石厚為弒君逆子，悲劇的成分不濃厚；而「一之谷戰役」，源氏大將熊谷為報昔日之恩，不忍殺平氏幼主，終以年僅十六之親子首級代之。這一幕戲是白天節目中最主要的部分，演員方面也集中關東與關西的名角共同演出，所以每一位演員都發揮了自己的潛力，故事本身的感人和役者的高度演技，加強了戲劇的效果。有一場平氏老臣誤責源氏嗣主，並深悔自己因救人而害及主家滅亡的戲，那老演員熱烈的演技，及有力的獨白，深扣人心，令我感動得幾乎不能安於坐席，心中激盪不已；而當最後，源氏功臣熊谷將軍有感於人世無常，捐棄功名，落髮為僧，披袈裟，持斗笠，幕落後，猶獨自長歎：「十六年如一瞬，夢也！」然後從觀眾席間的花道奔入門裡，更是印象深刻。看完時，我滿眶淚水已禁不住沿頰而下了。燈光再亮時，秋道太太擦乾她自己的眼淚，轉過頭來看到我的眼淚，她大為驚訝，為什麼一個第一次看歌舞伎的外國人會如此體會劇情？我沒有向她解說，但是我深信，只要有一顆善感的心，無論哪一國的藝術都可以使你感動的，文學、藝術，原是不分國際的啊！

接下去一幕，是屬於歌舞動作的戲，沒有對白，只由六人組成的「囃子」唱出故事情節。由一男一女對舞，女角的衣著十分華麗，扮相也極妖冶，舉手投足間流露嫵媚，令人不能相信係由男性役者扮演；男角為一年逾花甲的京都名歌舞伎役者，在白天的五場戲中，他共出場三次，忽而男，忽而女，允文允武。此刻在舞臺上翩翩起舞，更是瀟灑伶俐，毫不見老態，實不愧為名角。日本舞踊可能受服裝拘束，動作比較緩慢，同一動作重複的次數也多。著重於頸部、腰肢及手的姿勢，足部則在特設的空心檜木臺上噔噔踩出節奏，配合著「囃子」的弦音書聲，在聽覺上頗能造成熱烈的效果。我個人對此一幕的表演沒有太大的共鳴，但是在看完「一之谷戰役」那樣分量重的戲之後，再看這一幕純屬動作與色彩感覺的表演，可以調劑觀者的情緒，此抑或即節目編排者的用意吧。

最後一幕是描寫江戶時代的庶民悲喜劇，通俗的情節，及近代化的對白，加上善有善報的大團圓結束，蓋為討年終吉利而設。於是，觀眾在連連的笑聲後，滿意地離開座席。

走出南座的側門，晝短的十二月天，已是薄暮時分了。

街上華燈初起，門口又有另一堆衣裳華麗的人群在等候著夜場戲的上演。從比叡山頂吹下來的風在我們的臉上撫過。伸一伸六小時來坐累了的腰，我似乎分享了一份京都人的羅曼蒂克，更深地體會到飄在寒風中的「師走」情調。

不久，一年就要逝去，新的一年也即將來臨了。

歌川豐國，「三代木澤村宗十郎與二代目嵐龍藏」，約1796年，絹本著色，37 × 25.3 cm。

日本風箏上所繪的歌舞伎圖樣

日本風箏上所繪的歌舞伎圖樣

訪桂離宮及修學院離宮

人生有許多不可思議的事，而一個旅行者也許有更多奇遇的機會。那天下午，我像往常一樣的在圖書館裡看書，忽然有一張紙條遞入書上，上面寫著：「你是不是林文月女士？」抬頭，我看到一個長髮垂肩，戴著眼鏡的女孩子。對於我驚訝的表情，她簡單地自我介紹：姓李，在哥倫比亞大學攻讀博士學位，八年前從東海大學畢業，是陳的學生。在肅靜的圖書館裡，我們不便多談，所以我約她晚上到我住宿處談談。

圖書館閉門後，我們踱回我的六蓆房間，圍著暖桌（日式矮几，桌面下部裝置保暖用大燈，通常以方形棉被或毯子覆蓋桌子，席地而坐，將腿伸入被中可以禦寒。）坐下來，沏上一杯茶，開始聊起天來。我已經有兩個多月沒這麼痛快地說中國話了；對於李而言，則該是八年來，第一次全部用鄉音對談吧。我們雖不是故知，然而能他鄉相遇，兩個人都掩不住喜悅和興奮，一絲溫暖爬上心頭，不是因為暖桌電熱的緣故。

八年前，她在東海大學讀書，從臺大畢業不久的陳到那兒執教，她們變成了無話不談的師生，而我和陳則是學生時代的莫逆。李曾經看過我寄給陳的相片和短文，而我也從信中知悉善感的陳在東海有了一位「最嬌愛的小妹妹」，可是臺北和大度山之間的距離，阻礙了我們的認識。八年的時間，帶給我們三個人不同的命運：我畢業，結婚，教書；李隻身飛到海的那一邊去深造；而陳所遭受的波折最大了。每年暑假，我們在閱卷場上相見，我看到她一年比一年消瘦，實在為她擔心，這樣瘦弱的身子如何抵受得了一再的折磨？去年，她告訴我決定暫時擺脫一切，應邀到奧柏林大學去「試展新的一頁」。我正驚佩於她毅然果斷的決心，不久自己也幸獲科委會遴選，來京都遊學。就在同一個時候，原在哥大讀書的李，也意外地得到一筆獎金，來京大搜集論文資料。於是，去年秋天，陳從大度山越洋去了美國，李從美國翩然來到了京都，她們本約定在美國相會，只因彼此受合約限定，而失去了機會。比李遲半個月來到京都的我，卻因而無意間見到了她。八年前，我們同在臺灣，卻無由見面；八年後，一個奔自東，一個來自西，終於在京都的紅葉下相遇，而當年想介紹我們的人，卻獨在美國的白雪中祝福我們，這是怎樣一個安排啊！

在遇見李之前，每逢週末假期，我總是一個人躲在房裡咀嚼寂寞。因為我知道自己對方位向來遲鈍，臺北的街道尚且沒有弄清楚，更遑論這陌生的地方了。但是自從認識李之後，我們發了宏願，要遊遍京都附近的名勝和古蹟。此間亭閣樓臺寺院，櫛比林立，本地的人恐怕都甚少遍遊過，我們這個願望自然不可能全部實現，不過，近兩個月來，我們足跡所到之處，卻也有十幾處之多。李有認路的天才，一本地圖和乘車指南在手上，再偏僻的地方，她都能找到，可惜她的日語不十分流利；我雖然永遠分不清東西南北和電車路線，但是小時候打出來的日語基礎，到底有些用處。李是我的羅盤，我是她的喉舌，我們兩位一體，配合得宜，可以勝過一個普通的日本人；而且有了伴侶，既增添遊歷之情趣，也壯膽不少。她照顧我搭車，我為她翻譯濃重的京都腔調，就這樣，我們結伴去看過青翠的苔寺，詩意的落柿舍，用中國話讚歎日本的景物，從此，假日不再空虛寂寞，卻變得充實豐富起來。

這一天，雖然不是假日，我們相約給自己放了假，不去圖書館看書，而去參觀京都近郊的桂離宮和修學院離宮。讀萬卷書固然可貴，行萬里路也很重要，我們是理直氣壯的。何況這兩處不同於其他古蹟，要預先登記，始准進內參觀，由於手續麻煩，許多住在京都本地的日本人都一再拖延，而沒有去參觀。本來另有一位日本小姐想參加我們的計劃，但是此間觀光協會規定的參觀時間是本地遊客與外國遊客分開的，所以只好作罷。由於路不熟，我們比規定的時間遲到數分鐘，到達桂離宮時，大門已關上，向門警說明並求情，好不容易才開了邊門放我們進去。日本官方做事往往是一絲不苟的。

桂離宮坐落於京都西南方，旁依桂川，面對嵐山，頗得地理之宜。據所聞，此離宮始建於後水尾天皇元和初（約當西元一六二〇年），為一度曾過繼豐臣秀吉的智仁親王策劃修築者。智仁親王博通古典，尤精於《源氏物語》、《白氏文集》及漢籍詩文，被譽為才子，其藝術修養亦超眾，此離宮的建築物及庭園，便是出於他的構想。宮中主要建築物為相連的古書院、中書院及新書院三幢書院型房屋。由於歷時三世紀餘，房屋本身已列為日本政府的重要文化財物，遊客只能遠眺，卻不准入內參觀。三書院成雁行排列，為典型之日式木造建築物，葺頂、木牆、紙門，四周環以迴廊，屋基高達丈許，乃為防京都地區夏季之潮濕而設者。日式建築多取材簡單，構造亦樸質無華，雖帝王皇后亦不例外。那因年久失修而變黑的外觀，及微黃的紙門，若襯以葩粲卉蒨之春光，或黃花紅葉之秋景，也許尚可收對比之效果，而發人思古幽情，然而，此刻它在錯落的枯枝間，卻倍加黯淡，不勝蕭索。說實在的，我對這皇居頗感失望。不過，一般言之，日本民族性崇尚樸素，在參觀過的許多離宮之中，我個人印象裡，只有嵯峨天皇（西元一四六九～一四八三年）的行宮最具規模，有帝王氣象，值得瞻仰；至如後水尾天皇的圓通寺離宮等，風景雖佳，建築簡陋，在吾國人眼光中，實在不足以稱皇居了。

桂離宮除有三書院外，最著名的是佔全部園地面積約三分之一的池塘，以及環繞池塘四周大小十來所的茶屋。日本人常稱：上帝創造大自然之美；而日本人則創造庭園之美。的確，日本的庭園，尤其西京的庭園，有獨特的風格，可以傲視天下。就此池塘而言，一望可知其經營甚費匠心。池形曲折，饒富變化，而不見冗筆。中有小島三數，大小及形狀各不相同，或呈孤立，或有小橋溝通。而每一座橋，其樣式及建材亦不同，有獨木橋，有竹橋，有石橋，更有穹形架橋，上皆苔痕斑斕，古雅可觀。池塘四周則多種蘆葦，遍設怪石，間亦可見石燈籠參雜其間，使池邊增添野趣與優美。

此二種本質相反之情調，竟能於此得到協調，而不覺其衝突，實在是藝術的奧妙，今日東洋庭園設計已成為一專門學問，為西方人士所心折，不是沒有道理的。

我們沿著石板鋪成的小徑繞池步行，經過高低不平的斜坡，穿過橫伸的枝梢，來到一處小亭前。那位臉色蒼白，低架著近視眼鏡的嚮導，操著濃重日本口音的英語告訴大家，這便是「松琴亭」——池邊眾多茶屋中之一。他穿著比身材大兩號的黑色制服，帽沿直壓到眉際，那生硬的英語單字吃力地從他嘴裡吐出，使我忽然憶起多年前看過的「秋月茶室」中的馬龍白蘭度，我和李不覺相視而笑。我們不敢領教那嚮導的說明，只好打開預先帶來的旅行指南查看。至於其他六、七個美國人，我很懷疑他們是否能聽懂這樣的英語說明？日本官方對於重要觀光區嚮導人員的語言及外表如此不經挑選，不能不說是一大疏忽。這又使我想起，我們故宮博物院中那些穿著漂亮制服，操著流利英、法語的嚮導人員。要辦好觀光事業，這實在是最起碼的一個條件。

「松琴亭」的名稱雖雅，房子本身卻平凡無奇，由三間六蓆榻榻米的房間組成，既無迴廊，亦無玄關。亭前設有二土臺，一呈圓形，一呈長方形，前者為置鑪煮水用，後者為放置沏茶道具用者。由於屋簷不深，房屋受風雨侵襲日久，頗顯陳舊。不過，從茶亭眺望，池塘、小橋、漣漪、叢石，與遠近樹枝的倒影，盡收眼底，景致優美，令人神怡。遙想當年智仁親王修園完竣後，置身於此樸素的茶亭，面對自己的傑作，品茗賞景，內心定必充滿無限欣慰；而當其茶屋逐一落成時，思索定名之際，又該是何等興奮的心情啊！環池眾茶亭，雖構造及規模都與「松琴亭」相仿，然而各有風雅的名稱：如「月波樓」、「竹林亭」、「賞花亭」等，都可以想見屋主的趣味。智仁親王去世後，後水尾天皇（西元一五九六～一六一五年）常幸臨桂離宮，又補修「月欄間」、「笑意軒」與「桂棚」等，皆刻意保存智仁親王創作的風格，所以整體上能有一致的面目。

我們繼續沿池追尋茶亭，有趣的是整個桂離宮的庭園，以這個多變化的池塘為中心，隔池眺望，亭亭相對，每一駐足處，眼前的景物，給人的印象都不同，庭園美的極致，盡在面前。至此，我才恍然大悟，原先我們以庸俗的眼光看這些茶亭，所以嫌它們破舊，覺得不夠氣派。事實上，這些茶亭在整個庭園之中，僅只是景物的一部分，它們和那些小橋、石堆、島嶼、燈籠等，同為點綴這池畔的一種道具而已，設如茶亭本身過於講究，它們便不能與全景協調，反而會顯得刺目了。這道理就像是當你看一幅畫時，不去欣賞整個畫面給你的美，而盡挑一筆一觸的好壞一樣愚蠢。我為先前自己的近視感到赧顏，也為造園的人抱屈。

看完園景，本想稍事逗留徘徊，礙於規定，不得不跟著大家退出，以便於下一批本國遊客參觀。踏著碎石子，走出竹垣外，回首再望，桂離宮前一片松林竹藪，民屋數間，極目是枯田。昔日風流，而今安在？心中頓生蒼涼之感。

修學院離宮在京都市東北郊區，與桂離宮正成相反方向。由於我們登記的時間是下午三點鐘，所以有從容的時間進午餐和乘車。李看時間尚早，她在地圖上找到修學院離宮附近另有一古蹟「曼殊院」，這名字十分雅，於是我們臨時決定利用多餘的時間去參觀。在遊覽地圖上看似很近的曼殊院，待我們下了「巴士」去找時，卻迷失在曲折而複雜的小路裡。李雖一再拿出地圖研究，仍摸不出頭緒來，看來她已技窮；輪到由我效勞了，於是我逢人便問，兩個人摸索著，總算有了方向。曼殊院在一條斜坡的盡頭，這條水泥的斜坡倒是十分乾淨，兩邊都是田畝，堆著枯黃的稻梗，此處漸離市區，有一份濃濃的鄉野氣息。我們兩人因為趕時間，走得較快，漸漸地穿著大衣的身上感覺熱起來，鼻尖上的汗珠兒在冬風裡有些癢癢的。不知什麼時候跟來的一隻小花狗，忽前忽後地陪著我們。長長的路上沒有車輛，也沒有別的行人，風雖寒，而天氣晴朗，如果不是上坡路令人氣喘，真想哼哼歌，甚至吹起口哨來。

曼殊院的正門因為破舊，屋瓦可能隨時下墜而傷人，門前貼著紙條：「請走邊門」。鑽過同樣破舊的邊門，從這寺院的廚房進內，脫了鞋子上去，卻被看門的女人擋駕。她說前一批參觀客剛入內，要我們再等半小時，與下一批遊客一起參觀。我想到如果等半小時，可能又趕不上修學院離宮的規定時間，所以費盡口舌向她求情，那女人起初坐在榻榻米上烤火，對我愛理不理，後來總算懶洋洋地站起來，要我們每人繳納兩百日幣香火錢，才答應拉開繩索，讓我們進內，卻又在後頭一再叮嚀，勿事逗留，要我們趕上別人。李問我剛才和那女人嚕囌什麼，我告訴她那女人教訓我們：「遊客不能專為自己方便打算哪！我們是負責保管國家財物的。」李聽後十分生氣，我勸她既來之則安之，若等半小時，怕時間來不及；爬了一大段斜坡路，過門而不入，又不甘心，只好委曲求全了。由於在門口時受了一點閒氣，來時的輕快心情全消，對整個曼殊院的印象都變壞了。我們嫌房子破舊，批評陳列的古董沒什麼歷史價值。但是當我們來到一處展覽乾隆時代產品，有浮突花紋的五彩瓷花瓶時，兩人都不約而同地停下來細細欣賞，並異口交讚著。事後回想自己的幼稚，當時我們的心境就像是在別人家裡受到欺負的孩子，突然看到自己親人一樣的感覺安慰。事實上，平心靜氣而言，曼殊院倒是有可觀之物的。這寺院是天臺宗傳教大師於天曆年間（西元九四七～九五六年）修建的。室內紙門上的畫，多出於江戶時代名畫家狩野探幽之筆，而且牆上貼的色紙，有《古今集》名句，皆被視為日本的國寶，難怪看門的人如此慎重了。曼殊院整幢房子模倣船艘而造，四周有約兩尺寬的狹窄迴廊，廊邊設有低欄。導遊的人勸我們坐下來看庭園，大家便一字形排坐下來。放眼望去，這庭園是日本有名的「枯山水」庭園。所謂枯山水，顧名思義是指沒有真水的庭園。園中放置大小形狀各異的石塊，以代表山；滿鋪細白石，上畫平行而規則的波紋，以代表水。枯山水庭園又簡稱石庭，源起於平安時代（西元七八四～一一八五年），當時日本朝野嚮往我國文化，貴族文士競以模仿唐風為雅事。這種白山白水的庭園構想即受由我國傳入的禪宗文化影響，溶以北宗山水畫枯淡雄勁之風，獨創庭園設計之一格，富於超自然主義的形式。在所有庭園形式之中，我最愛此石庭。靜對幽玄的枯山枯水，白色一片，你真的內心會有禪的意境產生，它帶給人的，與其說是眼睛的觀賞，毋寧是心靈的領悟。我久久凝視那一片枯山水，導遊的人卻在耳邊巧妙地下逐客令：「請起身吧，坐久了會暈船的！」

十七世紀初葉，以京都皇宮為中心，西南郊外有智仁親王的桂離宮；而東北部比叡山山麓有後水尾天皇的修學院離宮，這兩所離宮不僅方位相對，且規模與風格亦成強烈的對照。修學院離宮既近比叡山山麓，又背控御茶屋山，整個離宮分上、中、下三茶屋部分，而分別散布於山腰至山腳的一大片傾斜地，下與中茶屋兩部分設有小橋流水，風格玲瓏精巧；坐落於最高地的上茶屋部分，則豁然開朗，以浴龍池為中心，呈迴遊式的大庭園。

修學院離宮在離曼殊院步行不到一刻鐘的地方。走過狹窄而曲折的街道，住家漸稀的馬路盡頭有一排竹垣，及同樣用竹子編成的大門，門牆之後，林木蓊鬱，就是修學院離宮的正門。雖然這牆垣和大門予人的印象並不強烈深刻，入得門內，卻有一大片庭景展現在前，而最令人驚異的是寬敞的石子路和滿園的樹木。從眼前身邊的大樹開始，近處遠處，一直到山麓山頂，無處不是樹，無樹不高大，且形狀姿態各異，只覺得自己像是埋沒在林中，卻全叫不出那些樹名來。我第一眼就喜歡這地方了。

在一間放置板凳的休息室裡，等人數到齊之後，便有一位導遊進來，先對參觀者簡單介紹修學院離宮的歷史和地理環境，隨即領著大家參觀。這位導遊的先生年紀較大，風度亦較穩健，看得出曾受過訓練，口才不錯，卻稍嫌講解太流利，時有過分職業化的表現。他說的都是日語，全然不顧有三個西洋人，及我們兩個中國人在內，不過，對我而言，那一口道地的日語講解，卻比上午桂離宮那位導遊先生日本化的英語易懂得多。我們順著地勢，先從下茶屋參觀，由正門前院到下茶屋，要走過一扇下茶屋御幸門及中門，門皆緊鎖，另開一扇較小的側門供遊客進出。每走過一扇門，我心裡便覺不舒服，為什麼捨正門不走，偏要叫大家走「旁門左道」呢？李也有不平，她說：在美國，任何一個人去參觀白宮，都是堂堂走大門的。雖然這裡曾是天皇的離宮，可是如今已成古蹟，供人參觀，而大門如果不為客人而設，究竟什麼時候才開放呢？這真令人不解。

鑽過下御茶屋中門的側門，左手是寬廣的石級，上方有一紅牆小屋，即昔日天皇幸臨此離宮時下轎之處。如今紙門緊閉，石級上滿布青苔，當年的榮華，只能憑各人想像了。稍前，有石板小徑，導人入矮樹叢生的園中，地上一片青苔，樹梢猶有殘綠；如果是春天，足下芳草與頭上新綠交映，定更可觀。我們循微坡的小徑走，一路看見低矮的石燈籠點綴著兩旁。導遊一一為我們說明每一具的名稱和來歷：有朝鮮燈籠、有袖形燈籠，及月牙形高燈籠等，形狀不同，趣味互異，皆苔痕斑斑，古拙可愛。石徑末端，竟是一片覆滿落葉的荒地，只見枯木一叢，幽石一組，此外更無他物。據云，此處原是一角枯山水，本來也有一座茶亭，然而年代已久，亭與庭皆廢，僅保存故跡，供人憑弔。面對滿目荒涼，我倒覺得此時無物勝有物，設若觀光當局自作聰明，於此重建新茶亭，整個園景必定破壞無疑。空無一物，何嘗不充滿歷史呢？我想起臺北市僅存的古蹟——舊城門，每隔若干年就要被油漆一次，實在是一件遺憾的事情。古蹟之所以可觀，乃在於有其古舊面目，古羅馬競技場的殘垣斷壁，每年照樣吸引世界各地的觀光客，便是這個道理。我想日本人也懂得這一點，所以寧使這一區保持荒廢，卻不必勉強重建。

下茶屋庭園裡最主要的建築物為當年後水尾天皇賞園的「壽月觀」，由三間十二蓆的房間相連而成。第一間門上的扁額「壽月觀」三字，即為後水尾天皇親筆，筆觸相當深厚。房前滿鋪白砂，據說全日本只有京都白川之砂最潔白晶瑩，這裡所鋪砂石便是從白川運來的。庭前一道淙淙流泉，小瀑布上安置一塊三角形青石，導遊員要我們注意，那看似不經心放置在上的青石，正象徵著日本的名山富士山，細看真形似富士山，造庭者的細膩，可見一斑。小溪兩旁種滿杜鵑和楓樹，故春秋兩季，互爭景色；如今雖無花葉陪襯，然而流水送落葉，卻也別有情致。

從下茶屋部分到中茶屋和上茶屋部分，在平面圖上看，正成一扇形展開；中茶屋在右側，上茶屋在左側，而中間是一片田園，下與中、上之間，由兩條設在田園裡的畦道相連。走過一條樸素而狹長的畦道，沿途可以俯視兩邊的田園，右方較遠處，並有農舍數間點綴其中。後水尾天皇在此營建離宮時，特別保留了民間的田園風光。諒生於深宮之中的帝王，對於庶民生活必有一番好奇，而當漫步畦道上，呼吸著新鮮的空氣，俯視這一片田野時，心中是否會昇起「高處不勝寒」的寂寞呢？

鑽過中御茶屋的旁門時，我和李都沒有再抱怨，也許是我們已安於現狀，也許是兩人都被園中景物所吸引，而不再計較小事了。中茶屋部分的園景和下茶屋部分大同小異，皆以精巧細膩取勝。這裡主要建築物有二：一為賞園的「樂只軒」，一為供佛的「林丘寺」。

「樂只軒」本為後水尾天皇賜予其皇女朱宮的房子，因此這建築物的內部裝飾有女性趣味。站在走廊前，可以望入敞開的室內。每一片紙門的裡外都繪有圖畫，有風景，有花卉，也有翎毛，多出自江戶時代名家手筆。牆上則張貼色紙，上書和歌詩句，令人想見屋主喜愛文學藝術的情形。這些形形色色的字畫，以及客廳那一排多變化的壁櫥，使原本單調的日本房子顯得多采多姿起來。給我印象最深的是客廳右側兩扇木門上所繪的三條鯉魚（右門大魚，左門一大一小魚），雖已歷時三百餘年，色澤仍然相當新鮮，而魚的神情姿態則栩栩如生。魚繪在門的下方，兩扇門全面又以金線條繪滿魚網，細看則見網上有幾處破洞。我正望得出神，導遊員告訴我，有關此幅畫的一則有趣故事：當初這三條魚之外，並沒有畫魚網。由於畫太傳神，住在房裡的人，夜夜夢見鯉魚躍入屋前的池水游泳，故請畫家用金線條加畫大網，以罩住此三條鯉魚。豈知當夜人們仍做同樣的夢，早晨醒來，卻見所繪之金網已破三數處了。導遊員更在故事之外，加了一個俏皮的註解：「故謂戀（鯉）是盲目衝動的。」（按：日語「戀」與「鯉」同音）。

「林丘寺」在中御茶屋門東側的一條幽靜的小路盡頭，外有石垣及一扇門。推開那扇古老的木門，裡面另有天地：林丘寺的建築樸實無華，與「樂只軒」的富麗纖巧正成一對照。這裡本為朱宮的書房及佛堂，後水尾天皇駕崩後，皇女為追念父王，落髮為尼，取法名普明院元瑤，並將此屋正式作為佛堂，朝夕誦經，度過晚年。至今內室仍供著元瑤尊女公像，可惜房屋幽暗，從外面看不清楚。林丘寺的庭園，無論池塘與花木、亭臺，都保持著玲瓏細緻的女性趣味，有一座三重石塔，頗富異國色彩，據云為來自朝鮮者。

走出中茶屋地帶，導遊員說，至此大家才走完全園的一半。因為上茶屋在距離較遠的山腰裡，而最精彩的部分也在最後，希望大家勿嫌路遙，一鼓作氣，看完全景。順著來時的畦道，我們一度走回下茶屋門前，再折向右側另一條通往上茶屋的畦道。這條畦道較通往中茶屋的畦道整潔可觀，兩旁種植的松樹，經人工修剪，高矮齊一，中間是白色小石子路。踏著沙沙作響的石子路，透過松枝，可以望見遠山和田畝。京都的冬天寒冷而乾爽，天空晴朗，浮雲朵朵，冬季的陽光被比叡山吹下來的寒風拂去了熱度，耀眼而不暖。我們身上覺得微熱，並不關風與日，實在是因為走多了路的緣故。

三個茶屋的大門都具有相同的風格，只可惜我們都無緣經過，每一次只能望望，卻必須由側門進出。上茶屋部分的地勢最高，步進門後，還得拾級而上，登上兩旁高聳著樹垣的狹窄石階，迂迴轉了兩次彎，才來到海拔一百五十公尺高的「鄰雲亭」前。雖然「鄰雲亭」離雲尚遠，俯瞰足下，卻可以看見整個京都市區和遠近山巒。「欲窮千里目，更上一層樓」，攀登石級是有代價的，當寒風拂著額際的汗珠時，卻有一絲征服的快感浮上每個人的心頭。

上茶屋部分予人的感覺與下、中茶屋的感覺完全不同。由於登高遠望，整個修學院離宮可以一覽無餘，而藉著遠處起伏綿延的群山為背景，這裡極目是雄偉的景色，令人胸襟舒展開闊。「鄰雲亭」坡下是一大片人工修築的水池，取名為「浴龍池」，以稱帝王之心。這個水池極大，呈心形，從「鄰雲亭」望去，西邊有一長堤，堤外一條白色石板路；東邊則呈緩和的弧線，中有突出的二島，由一座中國式的「千歲橋」相連。上茶屋部分的園景即以此「浴龍池」為中心，在高低多變化的池畔修築了賞園聽泉的亭閣「鄰雲亭」、「窮邃亭」、「洗詩臺」及「止止齋」（今已廢亡）等。這些亭臺的構造較桂離宮諸茶亭考究，且窗多牆少，我們去的時候，管理當局為供參觀，故意敞開所有門窗。從屋裡向外眺望，池畔景色盡收眼底：長橋映水，水影懸勝鏡，襯以翠遠參差，景色極美，令人不忍移目。日式紙窗有一特色，即當其敞開時，那四方的木邊猶如一畫框，透過木框眺望時，則令人覺得風景如畫，更收玲瓏的效果。於是每一窗口變成一幅畫；因為角度不同，每一幅畫給人的感受也不同；更由於四時的推移，這裡的風景可分新綠期、花期、紅葉期及雪景期，而每一期的色彩光澤皆堪入畫。可惜我們正當紅葉瘦去，雪意尚遠的時候踏進此園，所以只見滿園殘綠和堆積的落葉。

從「鄰雲亭」東邊走一下坡小徑，開始環池步行。「浴龍池」的面積比桂離宮的池塘大，而人工裝飾的趣味較少，但是由於此區借天然的山林為背景，所以得地理之妙，有更雄渾的面貌。在一長約十五米的土橋上歇腳，東望是一泓幽邃的潭水，由於峭壁聳立，頗帶幾分陰森森神祕的氣氛；向西眺望，則呈截然不同的景色。「浴龍池」西岸的長堤，堤外白徑和徑側的樹垣成三排整齊的平行線，而樹垣之外，只見一片斜陽映紅的天空，池水之內，唯有樹影叢叢。日本庭園多以細膩取勝，偶見此單調的一角，覺得異常快慰舒暢。

繼續前走，由於山麓陰濕，腳下的苔痕更翠，泥裡參著的紅葉也未枯，京都以出產「西陣織」著稱，如今這條小徑本身彷彿便是一條織錦了。經過落葉覆頂的「舟屋」，和滿目荒涼的「止止齋」遺跡，來到「浴龍池」西岸的堤上，回望剛才走過的東岸，山嵐水氣，和樹叢中隱約可見的亭臺，此景此情，唯獨「畫中有詩」四字可以形容。從樹垣下望，近景是修學院中茶屋和下茶屋庭園，中景是離宮外一望無垠的田園風光，遠景則為不知名的群山起伏。這時夕陽已西傾，幾處農舍昇起炊煙裊裊，「曖曖遠人村，依依墟里煙。」陶淵明的詩境，超越時間和空間，就在我眼前。

沐在夕陽殘照裡，踏上歸程，李和我心中都有難言的感動。我們又一次結伴出遊，共享了美好的景色和時光，暫忘了獨處異鄉的寂寞。人生的聚散無常，半年以後，各奔西東，我們也許不會再相見，但是相信她和我都忘不了在京都相識的奇遇，也忘不了我們一起訪過的山山水水。

修學院離宮，中御茶屋

桂離宮庭園

枯山水

京都的庭園

日本人常常自詡：上帝創造了自然的美，日本人卻創造了庭園的美。庭園之美雖不能與自然之美抗衡，然而卻有其獨特的境界，是屬於藝術創作的另一個空間。日本的庭園在藝術創作美的方面，的確有極高的表現；而京都庭園之豐多與美妙，則為日本之冠。在京都住了數月之後，我已深深喜愛上這兒的庭園了，它們不但成為我探尋美的對象，更成為我排遣寂寞、忘懷鄉愁的去處。多少個週末假期的下午，我徘徊在苔痕斑斕的小橋流水邊，多少個鬱悒無聊的日子，我獨坐迴廊，凝視著一片枯山枯水，那時，眼前的美景會吸引我全部的注意，使寂寞遠卻，鄉愁淡去，心中只是蕩漾著美的旋律。而一個遊子有太多的閒暇，太多的悶煩，於是，我開始了庭園的巡禮，逐一叩訪京都市區和近郊的名庭名園。觀覽之不饜，則到書坊去查閱有關寺院林泉的書冊，以為進一步的認識。

庭園之始，雖已不可考，觀《古事記》及《日本書紀》上所記載的「堅庭」一詞，可以想見，起初「敷土使堅」之庭，在功用上具有兩種意義：即供曝曬農作物的實用場所，及供祭祀的儀式場所，而作為祭祀之場地時，則又稱為「齋庭」或「忌庭」。換言之，庭設於屋室之前，兼具有生活的實用，與祭祀的神聖意義，所以有時在堅土之外，更旁植花木，以求美觀。現今所謂「庭」，古代日本人似乎稱之為「島」，《日本書紀》推古紀（西元五九二～六二八年）中有一段記載蘇我氏庭園者：

（蘇我馬子）家於飛鳥河之傍，乃庭中開小池，仍興小島於池中，故時人曰「島大臣」。

蘇我氏在當時日本貴族社會中，代表著開明先進的一派，他們仰慕中國文化，率先迎進佛教，並極力模仿中國式的生活；「庭」在當時本僅意謂著一塊平實的堅土，蘇我氏卻在堅土之上鑿池築島，而贏得「島大臣」之綽號。想來這種破格的作風，也受了大陸文化的影響。推古紀二十年又有另外一段記載：

是時百濟國有化來者，其面身皆斑白，若有白癩者乎。惡其異於人，欲棄海中島。

然其人曰：「若惡臣之斑皮者，白斑牛馬不可畜於國中，亦臣有小才，能構山岳之形，其留臣而用，則為國有利，何棄之海島邪？」於是聽其辭以不棄，仍令構須彌山形及吳橋於南庭，時人號其人曰「路子工」。

這樣看來，百濟國人所構山岳之形，乃是來自中國的庭園形式了。所謂須彌山，本是梵語 Sumeru 的音譯，又譯為「妙高山」，相傳有八萬四千由旬，為日月所棲隱之處，即佛說世界中心最高之山。而所謂吳橋，便是中國風的橋。由須彌山和吳橋所構成的庭園形式，正意謂著當時的日本在聖德太子訂定的「十七條憲法」之下，蓄意文化改革和佛教迎入的現象。事實上，蘇我氏所採池島的庭園形式本源於中國，《漢書・郊祀志》下載：

其北治大池，漸臺高二十餘丈，名曰泰液，池中有蓬萊、方丈、瀛州壺梁，象海中神龜魚之屬。

又《洛陽伽藍記》亦載：

華林園中有大海，即漢天淵池。池中猶有文帝九華臺。高祖於臺上造清涼殿。世宗在海內作蓬萊山，山上有僊人館。

則我國古代庭園中池與島，原為仙界的象徵；而百濟路子工所構於日本之須彌山，乃代表佛教的理想世界，庭園在當初被視做神聖之域，蓋無二致。不過，後世作庭逐漸脫離宗教觀念，而轉為純粹美的追求，於是，池島之外，又增添花木，泉石，以求豐富的變化。天平勝寶年間的漢詩集《懷風藻》中頗多描寫庭園的詩句，如：「松巖鳴泉落，竹浦笑花新」（大神高市麿〈從駕應詔〉）、「水底遊鱗戲，巖前菊氣芳」（田中淨足〈晚秋於長王宅宴〉）、「水清瑤池深，花開禁苑新」（石川石足〈春苑應詔〉）皆可以看出，這時期的庭園，其內容之豐多，與構成之講究，已遠超蘇我氏飛鳥河傍之池島了。

日本的庭園，自古以來，歷奈良、平安，至鎌倉朝代，皆以池泉庭園為主流，但是在室町末期，卻出現劃時代的改革——枯山水庭園。事實上，枯山水的發源，早在平安朝時代，然而其臻於圓熟之境，則在室町末期的東山時代。枯山水所以在東山時代達於巔峰狀態，是有原因的：當時的政權操於足利氏，而足利一族雅愛中國文物，常藉中日貿易，大量購入中國書畫器物；另一方面，平安朝以來傳入的禪宗佛教也歷鎌倉、室町二期而更形昌盛，足利氏即深受禪宗文化的影響，故每好蒐集趣味枯淡的北宗畫。據〈君臺觀左右帳記〉，當時入足利氏倉庫的，計有李成、趙大年、王澗、李安忠、梁楷、牧溪、李唐、李迪、馬遠、夏珪、王輝、孫君澤、馬逵、王子瑞、王若水、高然暉諸家之作品。以足利氏在政壇的地位及影響力之大，上行下效，故當時日本的畫家如周文、雲舟、如拙之輩，莫不以北宗水墨為主，而風會所趨，這種枯淡雄勁的藝術嗜好，遂成為社會一般的風尚。以池泉構成為原則的庭園設計，自然也受到時代潮流的影響，乃有枯山水庭園之產生。

枯山水庭園既以北宗山水墨畫之山水圖為基本精神，故其表現力求雄渾蒼勁，如大仙院方丈東庭的枯山水便是一個典型例子。此庭所用庭石素材為青石，作者意圖表現北宗山水幽玄枯淡之趣味，於此可見。以大小形狀各異之青石，或直立，或倒置，縱橫羅列，構成蓬萊山水之畫面，間植樹木，更以白砂設泉流，而構架石橋，於是方丈之庭中，儼然一幅高山流水之圖呈現眼前，其創作之魄力，有更甚於水墨畫者。所謂枯山水庭園，又稱石庭，取材以石為主。凡山巖水流，皆以石砂表現，故設山則重選石與布置，設水則用白砂，而繪以水紋。京都白川附近盛產白砂，其質堅實而潔白，得天獨厚，此蓋亦京都多名枯山水庭園之原因。

北宗水墨山水特重畫面中之餘白，而餘白之空間構成，正符合禪宗「以心傳心」的教義，故寺院枯山水庭園之作，亦必然以餘白為第一要義。在枯山水中，能表現此餘白部分者，即敷白砂之空間。發明此道理者，若非禪僧，即傑出之水墨畫家，可惜其功臣已不可考知。既然餘白在枯山水庭園中如此受重視，故禪寺之庭園多傑出之白砂庭，而其選材與宗旨雖同，由於庭園之形狀大小及作庭者之嗜好差別，其效果各異，趣味亦不同。最能表現白砂之餘白意義者為大德寺本坊的方丈庭園，此庭面積約數百坪，分為南庭與東庭二部分。南庭部分呈矩形，全庭約百分之六十皆密敷白砂，僅於東南隅設枯泉石一組，於庭中偏右處布置一扁平青石，故整個庭園予人的印象為潔淨晶瑩之白。白砂之上，以東南之石組與右側之青石為中心，用平行之線條劃出清晰紋路；近石之處，隨石形曲折，其餘部分則捨變化而求簡單，僅自左至右，掃出平行線條。由於砂石之白色與帚痕之直線效果，使此南庭更形空曠蒼勁，而睇視愈久，愈覺此庭無物之勝有物。與此異曲同工者，京都禪院庭園數不勝數，如南禪寺、龍安寺等，皆以素白的砂石為主，於看似單調之白砂上，掃出漣漪式、波浪式、漩渦式、迴紋式等不同的平行線條，而造成不同之效果。同屬石庭而趣味迥異者為瑞峰院「獨坐庭」與龍源院內庭：前者為寬廣之庭園，除庭中一角設山石一組外，其餘一大片皆白砂，掃出粗壯有力之波浪式平行線條，由於線條與線條之間隔較寬，故整體上造成波浪壯闊的景觀，使人面對這一大片枯海，胸中不能不有所感動；後者係寺院內庭，只有數蓆大小的空間，中置三石，皆小巧玲瓏，布置均衡，而中間之石，狀如指手形，若有所指示然，頗發人深省。周圍白砂，則掃出細密之平行直線條。我最愛此石庭，簡單而精緻。

銀閣寺庭園亦屬枯山水，此園為足利義政晚年之別墅，作庭者係當時名家相阿彌。庭中以銀閣前堆砂成丘的「向月臺」，及曲折綿延的「銀沙灘」為主題，雖然潔白一色，卻富於高低的變化。「向月臺」呈圓錐形而削平其頂，底層最大部分，約需十人合抱。「銀沙灘」略呈不規則形，亦較地平面隆起，在廣大的一片白砂面上，隔間掃出平行直線條。此一高一平之白砂庭雖作於十五世紀末葉，卻意外地具備著現代抽象畫派的趣味，予人的感覺十分新穎醒目。據云足利義政當年令相阿彌作此庭，目的在藉白砂反映月光，以為月夜賞園之用，則石庭除其本身藝術美之外，又兼備實用的價值了。當皎潔的月光與白砂互映，其效果恐怕更勝於科學的燈光，古代貴族的風雅，實在令人羨慕！

枯山水庭園以石與砂為主，而白砂之上不可缺少變化之線條帚痕。畫此線條者或為寺僧，或為作庭專家，皆需受高度技藝之訓練。而白砂之上一經畫線，往往保持多時，因此枯山水之庭園是屬於視覺的欣賞，心靈的享受，卻不准人徘徊踐踏的。在功用性質上，枯山水庭園不同於迴遊式的池泉庭園，它與人之間有距離存在，故為「拒人」之庭園。

雖然枯山枯水庭園以砂石為主，但是幾乎每一方石庭都缺少不了綠色的點綴，而談及日本庭園之綠意，除了草木之外，青苔也是構成的一大要素，尤其是京都的庭園，如果沒有青苔，勢將減色不少。苔本是繁殖於地面的一種黴類植物，只要氣候低濕，可以不種自衍，但是日本的庭園崇尚蒼老之美，而青苔非歷時長久，不能蔓衍，因此它也就變成了代表庭園歷史的一種標誌了。京都三面環山，處於盆地中心，故終年多雨潮濕，適於苔的生長繁殖，尤其山麓之區，青苔密生，最為可觀。由於苔本身具有一種厚重的質感，其色雖濃翠，卻不綺豔，加以苔本身所給予人的時間之聯想，所以在文學上，任何一個名詞，只要冠以「苔」字，立刻能造成蒼涼悲寂的效果，如「苔階」、「苔砌」、「苔徑」、「苔井」、「苔泉」、「苔池」等。而當你面對京都的苔庭時，這蒼涼悲寂的情調就更具體的呈現在眼前了。

談到苔庭，任何到過京都的人都會聯想到西芳寺，就因為這裡的苔最出色，故又名「苔寺」。其實，許多人僅知苔寺之名，反不知西芳寺為其原名。西芳寺本為佛教淨土宗寺院，其庭於十四世紀中葉，由當時名作庭家夢窗國師創作。當時的庭園大概是枯山水形式的，後因一次大水，沖毀原庭，而今只有山腰一區高地上的枯山水部分，保留著夢窗國師的手筆，其餘較低區域，則為後人繼作者。這個庭園位於西芳寺川畔，嵐山與松尾山之麓，地形富於高低自然之變化。園中除上部夢窗國師的一區枯山水外，其餘皆為池泉式庭園，以心形的「黃金池」為中心，有石徑，小橋及花木竹林。而無論枯山水與池泉，皆沒於厚厚的青苔裡。據云，此寺之苔種類多達四十餘種。六世紀來，這些形狀各異，色澤不同的青苔，一任其自然衍生，故無論池沼之邊，臺級之上，橋畔，徑間，甚至石塊上，樹枝上，都蔓衍著青苔，絨絨密密，如氈似錦，在那濃濃的青苔間，不知隱藏著多少興亡盛衰的故事！西芳寺即以此遍地的苔聞名遐邇。又由於作庭歷史悠久，園中古木參天，花卉豐富，故四季皆可觀。尤其當楓葉轉紅之秋，與白雪覆地之冬，景致最堪欣賞，是遊客最多的時節。

比西芳寺規模較小，而同樣以苔庭著名者有祇王寺。這是一所尼庵，為平清盛失寵的侍女祇王度其餘生之處。寺內除祇王、其母、其妹等三人之墓外，另有近代京都名妓照葉（後落髮為智照尼）之墳。僅此四處紅顏遺塚，已足令人感慨悲悼，更何況寺前一片苔庭，與庭上密植的楓樹！當其秋去葉落之時，此庭特別珍愛紅葉，不予掃除，任其覆蓋苔上，翠紅參差，斑斑斕斕，夕陽殘暉之下，特別有一種淒豔的情調，給我的印象最深刻難忘。

其實，苔庭並不限於西芳寺及祇王寺，京都大小名庭，就記憶所及，隨便舉例就有天龍寺、桂離宮、孤篷庵、聚光院、大仙院、金閣寺、銀閣寺等，莫不以青苔之美增加庭園幽玄凝重的氣氛。甚至於一般茶道庭園，以及民間裡院，也都隨處可見苔痕斑駁，京都人雅愛青苔之情形，由此可以想見了。青苔雖能自然衍生，但是踐踏則枯死，所以美麗的苔庭，與枯山水庭園同樣，都是屬於視覺的庭園，卻不便身臨其境的。

寫日本之庭園，如果不提及山的借景，可能是一大疏忽。因為無論是枯山水，或池泉式庭園，日本人作庭的態度是藝術創作，所以最高的境界在求其完美。但是庭園再大，總有囿限。若欲突破此限制，則需假借於大自然之背景，才能使有限之庭園畫面，呈現無限之偉大景象。京都東北有比叡山、如意岳，及包括南禪、華頂的東山三十六峰；北有衣笠、御室；西有嵯峨、嵐山、松尾、山崎等山，三面受群山包圍。錦繡山河，該是作庭家夢寐以求的環境，此間名庭名園如此之多，誠良有以也。

京都的庭園，利用三面高山者雖多，然而最能發揮借景效果的，該首推圓通寺庭園吧。圓通寺為十七世紀後水尾天皇之離宮，位於大悲山，佔地不大，房屋建築亦十分簡單，然而卻因其庭園風景而著稱。坐在該寺院的長廊上，眼前是一片橫長方形苔庭，院中除三數組白石和楓樹若干株外，更無他物。絨絨厚厚的青苔生滿全庭，隨地面自然的起伏而凹凸，產生柔和的光影明暗，似有旋律隱藏在那翠一色之中。當其月色朦朧之下，則看似蕩漾的綠波，園隅靜伏的白石，又如神話裡的龍女出浴，庭中散發出妖異的氣氛，誘人遐思。此庭坐落於大悲山之頂，庭之周圍不設石垣，卻以密植各色茶花而修剪整齊之樹叢為牆，故春天花開之際，朵朵茶花點綴其間，有如巨大的花環擁抱翠庭，平添無限明媚。樹叢之外，是大悲山的斜坡，可以看見老松七八棵，直立庭外。由於樹叢設在山崖，居高遠望，除高大的松樹外，其餘較矮的樹木都變成林海一片，消失在視界之外，極目處是對面遠方的比叡山。比叡山是日本關西名山之一，以其為佛教天臺宗之發源地，成為觀光之勝地。然而當你遠眺的時候，山本身的美姿，卻將更深地吸引人。無論春夏秋冬，無論陰晴朝夕，它永遠有可觀的面目，人間果真有「山氣日夕佳」的景致，比叡山亦可當之無愧了。圓通寺的風景因其特殊的環境，可分為三部分：近景為由青苔、枯石與楓樹組成的庭園，界限設在茶花樹垣；中景為樹垣以外至比叡山麓的一片林海；遠景則是雄偉的比叡山，而最妙處在那樹垣外幾棵矗立的老松枝幹，分布均衡，將中景與遠景分劃成七八面，形成一幅自然的大屏風，使原本秀美的風景，因嵌入此屏風之中，而更增加幾許東方的藝術美。據云後水尾天皇深愛此庭風景，後雖因山高取水不便，而另營修學院離宮，然而晚年仍眷戀此間，頻頻駕幸觀賞，日本人遂以「王者之庭」稱謂，贈此庭園。

圓通寺的庭園本身並不大，卻因借景而造成偉大的景象，然而其庭本身是拒人的，純屬供觀覽者。同為借山景之庭園，而可以迴遊逍遙者有修學院離宮之庭園。此園設在高野川之東，比叡山雲母坂之西麓，總面積約二十七萬平方公尺，地勢高低，富於自然的變化。分為下茶屋，中茶屋及上茶屋三部分庭園，下與中在平地，而上茶屋庭園在海拔約二百公尺之阜上，背控比叡山，面臨松崎諸山峰，登高眺望，近景之池澤，林木，與中景之田園風光，盡在腳下，獨有綿延的山脈橫臥遠處。日本的庭園絕大多數帶有精巧的藝術氣息，修學院離宮的庭園卻能融合藝術美與自然美，故意保留未經鑿造之樸野趣味。這個特色最顯見於連結三茶屋庭園的畦道，及道旁的田園風光。秋天走在那條最平凡的泥路上，呼吸田野間帶著濃郁稻香的空氣，或薄暮時分，佇立道旁，眺望曖曖人村，依依里煙，和遠方起伏的山脈，你會真正身心舒暢，體會和平優閒的情調。如果庭有庭譜，這一片美景，該是譜外最珍貴的一頁了。該園的天然風格，亦見於那一大片蓊蓊鬱鬱的原始林木。一入園中，你就會有被樹林包圍的感覺，近方遠方，高地低地，無處不是樹，無樹不高大。林蔭深邃，增添了庭園的幽靜，枝葉茂密，壯大了庭園的氣派，馮延巳詞「庭院深深深幾許」正是此園最恰切生動的寫照。

事實上，此間許多著名的庭園都各有其借景，例如銀閣寺庭園，因其設於東山之腳，故庭連山，山亦庭，最得地宜，景象十分開展。他如金閣寺庭園之借北山，桂離宮庭園之借嵐山，知恩院庭園之借華頂山，大德寺本坊方丈庭之借比叡山及其附近諸山峰等，不勝枚舉。只因京都處於群山包圍之盆地，故僅需舉首之勞，山姿永遠呈現眼前，任你飽覽。每一座山從不同的角度看，又有不同的風貌，而當它們和庭園景致配合時，上帝的傑作遂與人間的傑作契合，奇景便展現於人間了。

瑞峰院獨坐亭

銀閣寺向月臺、銀沙灘

空海・東寺・市集

在京都市西南區的東寺庭院內，每月二十一日有紀念平安時代文學僧空海的露店市集。三月二十一日是空海忌日，又恰逢週末，對於東寺這古老的習俗，我嚮往已久，早就計劃著要去看一看熱鬧了。平岡教授的女助手那須小姐知道我拙於尋路搭車，所以熱心地自願陪伴我，並做我的嚮導。

到達東寺時已是上午十一點鐘，正是市集最熱鬧的時候。走進東寺大門內，只見兩旁全是搭著布篷的攤位，一個接一個的。攤子上擺著形形色色卻都是便宜的貨品，有吃的，有穿用的，也有塑膠玩具、念珠香燭等，那情形就像是臺北的圓環或南昌街一帶傍晚以後的攤販行列一般。若不是有幾個生意人穿著和服，操日語，我真會誤以為置身家鄉呢！露店中間只留五、六尺寬的過道，遊人在那狹窄的空間裡摩肩擦踵，卻都從容悠閒地瀏覽著貨色。商人們儘管吆喝著，遊客們儘管翻動著攤上的東西，看來卻很少有生意成交。但是大家都興高采烈，似乎只在享受著節日的熱鬧氣氛而已。

我們跟著人們背後，慢慢地向前移動，隨便看看攤子上的煎餅、麥芽糖、陶瓷器、雨靴、零頭布、塑膠花、羊毛衫、裝飾品、明信圖片……每一個攤位後的商人都向我們微笑招呼著兜生意。我們只顧看，卻什麼也沒買。就這樣走了大約二十米，來到一個賣戒指的攤子前。那攤子屬於一個老婦人，她的年紀至少有六十歲吧。一張黑黑黃黃、滿布皺紋的臉，頭髮應該是斑白的，卻染得漆黑，只有髮根上新長出的部分留著一排銀白色，她穿著一身灰暗的和服，外罩一襲素黑外套，乾癟的手中捧著一串念珠。她的顧客也都是一些上了年紀的婦女。有一個憂容滿面的老太太伸著右手，那賣戒指的老婦人便在她手掌上的紋路裡看相。我聽見她們在談：「你今年有喪子之憂。」「是啊，我的兒子剛去世。」「真可惜，他是個很好的兒子哩。」「啊，在娶媳婦以前，的確是不錯的。」「唉，人怎能夠十全十美呢！」那老太太又向賣戒指的訴苦，說她有腰酸背疼的毛病。賣戒指的便從攤子上拿了一隻銀白色的假戒指，用那一串念珠在戒指上比劃了幾下，低頭念念有詞，然後把那隻戒指套在老太太手上。戒指賣了五百円（按：一元臺幣等於九日幣）。老太太端詳著左手無名指上剛套上去的戒指，有點不安地問：「這真的有效嗎？」賣戒指的說：「我告訴你有效，如果你自己沒有信心，那可就是白戴了。一定要有信心才行哪！」於是她又從面前的紙盒子裡取出一小包東西，打開來是折成三摺的五彩佛圖，中間夾著一張小紙條，上書「南無大師遍照金剛」（空海法號）八字。賣戒指的告訴有腰背之疾的老太太，每天早晨吃飯以前剪下一個字，用白水沖飲，連喝八天，即可提高神效。這一小包東西和八個字又賣了二百円。那老太太總算充滿信心，滿意地離開了。緊接著，又有一個老婦人訴說背疼，賣戒指的這次便用掛著念珠的右手，在那老婦人背上搥了幾下，口中仍是念念有詞。我不知道這次她要賣金色的假戒指還是銀色的，但是不敢再看下去，所以催著那須小姐離開那攤位。

這列攤子從大門口一直排到東寺的總本堂金堂門口。我們順路跨入堂內。這座金堂本創建於延曆十五年（西元七九六年），後來一度失火而重建，現今可見的建築物是慶長十一年（西元一六〇六年）豐臣秀賴再建的。其外觀融和著和式、唐式及天竺式建築的特色，華麗雄偉之中，透著肅穆的氣氛，以其形態之美，與三世紀餘的歷史，列為日本國寶之一。金堂內部，光線幽暗，香煙裊裊，三尊巨大的木雕佛像莊嚴地安置在壇上，善男信女，虔誠地燒香膜拜。這裡和外面的市集是兩個完全不同的世界。

被那濃厚的宗教氣氛所感染，我們不敢大聲談笑，輕輕地繞一圈，推開厚實的木門走出來。

由於在幽暗靜穆的金堂內逗留了一些時候，近午的陽光顯得特別耀眼，市集的喧譁也更刺耳了。這一天，由於久雨初晴，趕集的露店特別多，東寺院內每一方地幾乎都有攤販，有張著布篷的，也有不設篷的，把貨品攤開在草蓆上，商人盤踞著，顧客們則蹲著挑選翻看。女客們多麕集在衣物攤前，各色的衣料、襪子和圍巾等，堆積如山，使人眼花撩亂，分不出美醜與好壞來。男客們則往往被攤滿一地的工具所吸引，那兒有刀子、鋸子、鍊子、鐵釘、鐵鎚，以及一些女人叫不出名字的工具，多半生銹，也有一些是閃閃發光的。我看到一個中年男人翻遍了每一堆工具又向攤販問了許多問題，最後決定買一包鐵釘子，攤販不僅不厭其煩地回答每一個問題，收了五十円之後，又連聲道謝。這是一個享受買和賣的場合，賺錢倒在其次，所以生意人臉上的表情不像百貨公司店員的虛偽，而顧客們購物時的心情也輕鬆愉快得多，雙方之間似乎有一種感情溝通著，令人感覺到屬於庶民的溫暖和親切。

在一棵枯松下，有個老頭兒擺著一張大檯子賣古錢，大大小小銅銹斑駁的錢幣零亂地散滿一檯子，而老頭兒自己就坐在那檯子中央。像每一個攤販一樣，這兒也圍著一堆人，我們費了一點力氣擠到攤前。那些古色古香的銅幣頗有些吸引人，我看到一枚小巧的錢幣，銅銹特有的綠色分布均勻，相當美觀。問老頭兒這枚錢幣的來源和時間。他告訴我，這枚古錢有千年的歷史，是他家的傳家寶物，但是如果我想買，他可以只收五百円。人的心理真是奇怪，聽了這價錢之後，我對那枚錢幣的興趣全消了，甚至覺得那上面可愛的綠色也染上了幾分虛偽色彩。我明知那老頭兒的無知和無心，也明知那枚錢幣的無辜，但用價格評判事物，原是常人的通性啊。老頭兒不明白我的感想，卻在我背後喊叫：「你在古董店裡買，他們不要你兩千円才怪哩！」

來到一個賣魚餅的攤子前，我們被三根一百円的賤價所誘惑，每人買了三根。那個攤販向我們宣傳，這是南方四國島的名產，味道特別鮮美，並殷勤地切下一塊，叫我們試嘗。我嘗了一口說：「好鮮！大概放了不少味精吧。」想不到話沒有說完，那人竟在我肩頭重重打了一下，責怪我：「客人哪！您怎麼說這種話呀！」我從來沒有被生意人打肩頭的經驗，心裡頗有些不舒服，但是那須小姐說那是主客打成一片的親熱表現，再看那個打我的人也笑嘻嘻的，只好搖搖頭，快快地離開。

我們邊看邊走，無意間已經來到本堂西側的牆內。此區平日嚴扃。不對外公開，大概因為這天是弘法大師忌日，所以門戶大開，供信徒們膜拜瞻仰。牆內主要建築物為大師堂和灌頂院兩伽藍。大師堂的歷史較金堂更久，為康曆二年（西元一三八〇年）建造的古老建築物。雖六世紀來不斷翻修，卻能始終保存著原形。如今木材黝黑，粉牆斑駁，更予人蒼勁的感覺。灌頂院為真言宗密教神聖的道場，據云係當年空海倣唐青龍寺式樣而建造者。兩伽藍前，香客大擺長龍，輪流上香膜拜。日本人拜佛的方式和我國人不大相同，他們先拍掌二次，然後合掌低首祈禱，禱告完畢，又拍掌二次。我站在那兒，只聽得掌聲連連，煞是熱鬧。庭前設有大香爐一尊，香煙很濃，一大群人圍在周圍，紛紛用手掬取煙霧，覆蓋頭頂上。空海的文學造詣為數百年來日本民間所最崇仰，他們相信祭空海的香煙可以令人聰明，於是那須小姐和我也都依著做了。

有一群來自鄉間的進香團在院中整隊待發，人數約有數十名，都是上了年紀的男女，多數穿著樸素的和服，外披白罩衣，頭上蒙白巾子，人手一柱杖。他們的面龐上有太陽的顏色，和信仰的光采，與都市人蒼白而多疑的臉迥異。空海的名望，無論生前死後，深建於民間鄉里。在日本，不管你走到哪裡，只要說一聲「弘法大師」，大家都會肅然起敬，而僧侶巡禮，沿途托鉢，斗笠上每書「同行二人」，即意謂著：「弘法大師與我同在」。

西側牆內，沒有露店，但是同樣洋溢著節日氣氛。香煙裊裊，誦經聲朗朗，善男信女，往來穿梭，碎石子路揚起塵埃濛濛，在正午的陽光下，交織成一幅濃厚東方色彩的圖面。舉首眺望，可以看見金堂東側五重塔的尖頂，和牆外燭臺型的建築物「京都塔」。那三百餘年前勻稱莊嚴的塔，與二十世紀流線型的塔，正代表著今日的京都——一個保留古典遺跡的驕傲，同時又慷慨地兼容今日科學文明的都市。這是一個奇妙的都市，在這兒，低矮而古老的日式木屋，可以和鋼筋水泥的新型大樓比鄰；在這兒，三味線的弦音，可以和爵士熱門音樂並存；在這兒，梳高髻，穿和服，長帶搖曳背後的祇園舞妓，可以和染紅髮，著露膝迷你裙的摩登少女同行。新與舊，傳統與時興，在這個都市裡是如此協調交融著，散發出令人不可抗拒的魅力。這就是京都之不同於東京的地方，這就是京都之不同於奈良的地方，也正是京都之所以為京都！

雜在信徒之中，我們隨處閒逛，看到捧著念珠，搖鈴敲木魚的誦經人，看到膜拜弘法大師石像的男女，也看到特別公開的宗教法典。走完西院內一圈，從側門出來，正好來到金堂後面的展覽館前。這裡我以前曾經來過兩回，但是在空海的忌日再參觀一遍，該是頗有意義的。於是我們邁進了這幢東寺院中唯一的新式建築物內。人群都被外面的市集和膜拜儀式吸引去了，因此展覽館內除我們以外，只有三五個興致特別濃厚的參觀客，三層樓的房子顯得十分幽暗空蕩。底樓所展覽皆為日本近世文物，有豐臣秀吉手筆及明治天皇御用物等。

二樓展覽室中則以空海為主題。有一幅巨大的空海肖像，上有後宇多天皇（西元一二七四～一二八七年）宸翰書贊，歷史至少在七世紀以上。畫面已呈深黃色，字與畫卻仍然清晰可辨。畫面中央繪著空海，身著袈裟，盤坐矮几上，面龐團圓，表情慈祥肅穆，雙手自然地垂在腹前，右手持五鈷杵（密教法具之一），左腕懸念珠。几下有布履一雙，銅壺一隻。畫的上下題滿了與東寺有關的贊語，後宇多天皇特以大師流書體（即空海字體）書寫，可見其對空海心折崇仰之一斑。

有空海一生行跡畫卷一軸：空海生於光仁天皇寶龜五年（西元七七四年）。本姓佐伯氏，為四國讚岐地方望族之後。幼名真魚，生而聰慧，五、六歲後，即以神童聞名鄉里。年始十五，隨其舅父阿刀大足學《論語》、《孝經》及史傳，又兼學文章。十八歲，入京遊學槐市，更學《毛詩》、《尚書》、《左氏春秋》等。大學明經道科及第後，本為族人期以光明的官僚前途，不料卻於在學期中偶遇見一修行者，從學神祕的虛空求聞持法，乃斷絕仕宦之念，開始苦行，遍歷幽山深谷。嘗謂：「我之所習，古人糟粕，目前尚無益，況身斃之後？此陰已朽，不如仰真。」二十歲時，毅然剃髮，受沙彌戒。二十四歲時著《三教指歸》，以論儒佛老三教，然而佛學上的疑問時懸於心中，遂萌入唐求法之志。當時正值遣唐使盛行之際，日本政府多派遣留學生及學問僧入唐學習，以吸收我國唐朝之先進文化。延曆二十三年（西元八〇四年），空海三十一歲時，被選為請益僧，入唐留學。與他同行者，尚有日本另一高僧傳教大師最澄。空海在唐留居三年，從長安青龍寺僧惠果專研佛法，極獲賞識，受真言密教傳法位之灌頂，並得真言教文、法具等。最澄在唐期間，則學習佛教天臺宗。二人返歸日本後，對日本佛教界的貢獻皆至為鉅大。初時空海與最澄頗有攜手共為促進佛教改革的企圖，可惜後來以二人性格與宗教觀之相異，感情日趨惡化，更因最澄之弟子泰範叛師投歸空海接受灌頂，遂導致絕交。嵯峨天皇對空海恩寵優渥，以高雄山神護寺做密教道場，又以高野山為入定處。弘仁十三年（西元八二二年），更賜東寺為密教活動之大本營。空海一生除致力於日本密教之宣揚外，以其個人稟賦之才藝，在文學方面，造詣亦極高，所著詩文，頗有可觀者，多保存於《性靈集》中。又當其留學唐土時，不僅從事於佛理經典的搜集，更兼及外典之運輸，曾謂：「師有二種，一道二俗。道所以傳佛經，俗所以弘外書。真俗不離，我師雅言。」據《性靈集》所載，其所攜返之唐人詩文有王昌齡詩格及詩集、貞元英傑六言詩、王智章詩、朱書等多種。所著詩文論《文鏡祕府論》雖未必有其個人之論旨，然廣收我國六朝及唐人的論著，詳析詩文法規，對日本當時及後世漢文漢詩的貢獻不小。此外，空海又擅長書法，其與最澄之三通書狀，第一通以「風信雲書云云」開始，故世稱「風信帖」，向被尊為書道典範。

空海在日本宗教及文學上雖有上述的貢獻，但是千餘年來，他所以被一般民間婦孺所親近景仰者，毋寧是因其生前所施種種救濟事業。他曾經在其家鄉讚岐，鑿池以利民眾，又創設閭塾，廣收貧民子弟。故百姓戀慕如父母，聞其來臨，必倒屣相迎。而自醍醐帝延喜二十一年（西元九二一年）追贈「弘法大師」之號以來，「弘法大師」這四個字更成為日本民間信仰的偶像了。

二樓展覽室的後半部所陳列者即為空海遺物。有密教法具三點──五鈷杵、五鈷鈴、金剛盤。一說即惠果當年授與空海者；又有一說，謂係楊忠信，趙吳等之新作。皆完好無損，保留著銅質的光輝，端整而精緻。有海賦蒔繪袈裟箱一具，即當年空海自唐返日時收藏犍陀穀糸袈裟之箱。平安初期的木質衣箱竟然至今保存如新，絲毫沒有損壞，不得不佩服日本人的細心，也可以想見佛教在日本受重視的情形了。那黑色底漆繪有五彩鳥形花紋的箱子，無論形狀、圖案與漆工，以今日審美觀念來評判，也都不失為一流品質。典雅而富麗，正是平安時期昇平的象徵。當年裝在此箱中的犍陀穀糸袈裟卻遠不如箱子的完整。這件由惠果贈予空海的袈裟，實際上僅餘破損的數片，重裱在一張絹上，斑駁模糊的彩色花紋，只能憑想像去追思往昔了。然而日本人極珍視歷史，這幾片零碎的布片被小心翼翼地收藏在玻璃櫃後，與前面的法具、袈裟箱同列為國家財寶。遺憾的是，今日我們要瞻仰唐代遺物，想像先人的生活，也唯有在京都奈良的博物館中窺其一端罷了！

挨著袈裟箱，有兩串念珠放置在紫色的絹巾上，一串是透明的水晶念珠，一串是赭色的菩提樹念珠，前者為惠果授予空海的法具之一，後者傳為空海在唐時順宗所賜者。此外更有三尊精緻的觀音菩薩立像，及空海用過的風字型硯臺，剃刀箱等。

中央的一面玻璃櫃中，展覽著空海的字跡，那幅有名的「風信帖」放置在正中最顯著的部位。這是自唐返日後，空海與最澄情感未破裂時，由空海致最澄的一封信。看著那瀟灑的字跡，想像千餘年前佛門二師從至友化為敵對的悲劇，不能不令人惋歎！除「風信帖」外，尚有最澄所寫的《弘法大師請來目錄》，記述當年空海自唐運回日本的種種內外典籍和佛像、道具等。又有詳載東寺建立沿革的《東寶記》以及後宇多天皇宸翰和曼荼羅二幅。

三樓主要是佛像展覽。有高達八米的巨大千手木雕佛像，及木造兜跋毘沙門天立像等，皆莊嚴肅穆，造型優美，充分發揮佛教藝術的極致。予我印象最深刻的是，一個小展覽室中橫一排陳列的五尊木雕佛像。姿態動向雖各異，而身材齊一，面部表情亦相似。每一尊像都經過細膩的雕工，無論臉上的線條，及髮紋衣褶，皆十分柔和自然，而整體上更呈現著慈祥端莊的氣氛，令人感動，不忍移目。這五尊佛像乃是平安期遣唐使時代，遣唐僧人從我國運回日本來的。當時船舶簡陋，航海技術亦尚未發達，這樣巨大而沉重的佛像，居然冒風浪之險，千里迢迢，完整地運來日本，實在不能不歸功於虔誠的宗教信仰了。

看完展覽物品後，我們從市集較少的東院漫步走向五重塔。東寺的庭園未若京都其他寺院的庭園整齊美觀。由於進香朝拜者眾多，草坪常受踐踏而零亂枯禿，院中池水一泓，也只有浮萍處處，不見修飾和保養。

但是經過了漫長的冬季，如今陽春三月的日光普照一地，柳條吐新芽，枝間有鳴禽，配合著遠處傳來市集的喧譁，這兒充滿了庶民的、可親的情調，卻也別有動人之處。在暖洋洋的和風裡，跑兩步，伸一伸腰肢，我似乎嗅到春的氣息。於是繼續朝姿勢優美的五重塔走去，結束了這次的東寺巡禮。

空海的畫像

東寺金堂

櫻花時節觀都舞

今年冬天是京都近三十年來稀有的一個嚴寒冬季。京都人自古相信過了三月二十六日的「荒終」❶，天氣就會轉暖，春天就會來臨的，然而今年的春天卻比往年整整遲了一個月。三月裡還飄了幾場粉雪，雖然輕如鵝毛，著地即化，卻因為相伴而來的刺骨寒風，頗令人有些難耐。但是進入四月之後，下過幾場雨，氣溫竟快速地一次比一次昇高，桃花和梅花相繼開放，櫻花含苞了，柳條也吐芽了。於是，有一天早晨醒來時，發覺全城的櫻花已在一夜之間開放了，鴨川之畔，疏水之堤，人行道旁，牆裡牆外，整個京都被那深深淺淺，如霞似霧的櫻花點綴得明媚無比。驟然的，春天已來臨人間了。春天用那粉紅色的櫻花具體地展現在人們眼前。

在風雅的日本古都，春天的信息不僅飄蕩在櫻花枝頭，更散漫在舞妓袖間。每年

❶荒終，相傳從前京都附近平良山上有一和尚與少女戀愛，少女每夜搖船渡過琵琶湖去私會和尚。後來和尚變心，不願少女再訪，三月二十六日之夜，故意將燈火熄滅。是夜，月黑風高，少女迷失方向，遂溺斃湖中。從此陰魂不散，年年三月二十六日，琵琶湖上風急浪高，京都一帶天氣惡劣，過了此日，荒寒終結，氣候始真正轉暖。

自四月一日開始，到五月中旬，京都祇園的藝妓和舞妓們，定例要在四個場所表演歌舞——「都舞」、「京舞」、「鴨川舞」、「北野舞」。京都人要看過祇園的歌舞，才算度過隆冬，迎接春天；這就像是觀賞了南座的歌舞伎顏見世❷，才體會一年的終結一樣。他們總是用一點羅曼蒂克的氣氛來劃分四季，點綴生活。

四月中旬的下午，熙日暖風，空氣裡洋溢著優閒而醉人的情調。我和秋道太太相約去看春季四大歌舞表演中最具代表性的「都舞」。河原町三條到四條之間，有如臺北市的成都路一帶，是商店最多、人口最密的繁華區，京都市一半以上的娛樂場所都設在此。「都舞」的傳統表演場所「祇園甲部歌舞練場」便坐落在這都市中心區的弄堂裡。計程車在四條大路邊停止，捨車之後，要步行過樹立招牌和兩旁結綵的巷子，才能到達「歌舞練場」。這兒有寬敞的停車場，門面也十分氣派。可能是為了配合近年來外國觀光客的趣味吧，那日式構造的建築物卻鋪著綠色的地毯，因此可以免去脫鞋之

❷歌舞伎顏見世，歌舞伎為日本古典藝術表演之一種，有幾分類似我國京戲。京都每年歲末，於河原町四條南座戲院舉行全國名角聯合表演，稱為顏見世。詳見〈歲末京都歌舞伎觀賞記〉。

勞。我們買了頭等票，除觀舞之外還可以參加一個日式茶會。大廳裡已有不少客人排隊等候飲茶。承秋道太太好意，我得以利用等候的時間，匆匆流覽一下庭園。歌舞練場的內庭相當大，有假山與池塘，布置優雅。幾株垂柳在和風中輕擺嫩條。櫻花的淺紅色、茶花的深紅色，以及水中時隱時現的紅鯉魚，使園中充滿了春的景象。

順序走入內廳後，大家靜坐，等候接受茶道款待。我以前曾經參加過幾回日式茶會，都是在榻榻米上席地而坐，這次有桌椅的茶會倒是第一次。廳前中央稍高，有如舞臺，特別布置成日式房間內景形式，而放置一張長方形的檯子和兩張椅子。檯上端整地擺列著茶道用具，茶爐、茶碗、茶筅、勺子等。不久，從舞臺一端走出兩個梳日本高髻，穿著華麗和服的婦女。她們的青春的面龐卻掩藏在厚厚的脂粉之下，由於粉過分的白，額際、耳朵及後頸髮根部分沒有塗粉的地方就顯得特別的黃。臉上的修飾也略嫌呆板僵硬，眼角一抹紅，上唇用白粉遮蓋，而只在下唇中央點絳，加以沒有表情的表情，使她們看來缺少生氣，像是兩個假人。當她們轉身的時候，我看到她們低低的後領、露出半個同樣刷得雪白的頸子和背部。西洋婦女以袒胸為美，日本婦女卻以為長長的後頸最具魅力。不過一般家庭婦女穿著和服時，不肯隨便放低後領，露出頸背，因此從服飾上也等於可以分辨出她們的身分了。二人徐徐地走到舞臺中央，向客人深深鞠躬後，分別坐在兩張椅上，開始沏茶。由看來年紀稍大、資格較深的一位主持，另一位坐在旁邊充當助手，傳遞茶巾、用具等。本來一般日式茶會應該是逐碗沏茶待客的，然而由於客人太多，無法依照規矩，舞臺上只是表演性質，將茶道始末示範一次罷了，席間另由數位服務生端出茶點來分送客人。日本茶道源起於禪宗，以肅穆從容為原則，然而此刻廳內人語嘈雜，服務生團團轉，加上西洋觀光客拍照的鎂光燈閃耀，莫說禪宗的精神，就連一點品茗的情致也消失殆盡了。我深深遺憾，文化商業化的結果是如此地俗劣！舞臺上的表演尚未完畢，已有一個中年的男人催促我們進入戲院內，以便讓下一批茶客進來。戲票是不對座的，所以為了搶好位置，大家紛紛起座離席，擁進另一扇門內。我注意到舞臺上兩位藝妓的尷尬表情，心中忽然間有說不出的難過。這是失禮的。就像是在音樂會上，或演講席上半途退出一樣，對表演者是一大侮辱。誰能說厚厚的脂粉之下沒有一顆善感的心？誰能說呆滯的表情之下沒有一份自尊？於是我要求秋道太太留下，耐心地看完全程，並以鼓掌表示讚美。

在戲院內等開幕的時間，我們閒聊著，話題自然地轉到祇園的舞妓和藝妓身上。秋道太太是道地的京都人，從小生長在祇園，所以她對當地習俗頗為詳熟。在祇園一區，有一部分婦女世代相襲地以舞妓藝妓為職業。戰前，一個女孩子在她六歲的時候，就要開始接受歌舞的訓練；戰後，由於國民義務教育的延長，這些女孩子們也和一般家庭的子弟一樣，必須接受中學教育，然而，她們在課後，仍然要依照舊俗，從師傅學習嚴格的歌舞技藝訓練。等到中學畢業後，便可以正式下海，成為舞妓。多數舞妓為達官富翁之庶女，或退休藝妓之私生女，因此她們往往生活在只有母親而沒有父親的家庭裡，也有少數自願從事舞妓生涯的女孩，則是出身於普通家庭的。舞妓的職業乃是在宴會席間歌舞以娛人者，而宴會多設在晚間，因此她們也就自然成為過夜生活的人了。近來日本婦女著和服者漸少，除了年紀較大的婦女有時仍以和服為日常服外，一般年輕婦女只有在新年或參加盛大宴會時才穿著和服。這個原因，一來因和服長及足踝，兩袖肥大，腰間又裹紮寬而硬的腰帶，行動極不方便；二來則因裁製費時，衣料昂貴，一襲和服往往在千、萬日幣以上，非一般人所能多備。不過舞妓們既以表演古典歌舞為職業，和服遂成為她們的第二生命，不但求量之多，更求質之佳。同時她們的頭髮也總是梳成高髻，配戴簪飾，以稱身上的華服。而梳成一個高髻，也是既費時又費錢的，所以為了保持髮型不亂，夜間睡眠時只能將頸部靠在木質的高枕上。這對於一般睡慣寬大而厚軟枕頭的人是不可思議的，高枕是否無憂，冷暖自知，且不說，為護三千煩惱絲，她們的努力卻也實在可歌可泣了。舞妓是屬於晝伏夜出的一群，華燈初上的時分，也正是她們嚴妝待上場的緊張時間。在這之前，她們要花費許多時間和精神去修飾自己，用水調白粉，將青春的肌膚層層地遮蓋起來。通常一個舞妓的職業年限並不長，從十四、五歲到二十歲左右。超過二十歲之後，身體發育成熟，便失去稚美，那時候她們就得自動或被動地退休，而昇做藝妓。所謂昇藝妓，實際上乃是意謂著少女生活的結束。在她們歌舞娛人的歲月裡，自然會被一些愛慕者所包圍，她們就在其中擇人而適，得到精神的寄託和生活的保障。不過，舞妓的命運往往是悲苦的，她們除了極少數的幸運者，有人出鉅金贖身，得正式結婚，享正常生活外，大部分的歸宿乃是為人側室，甚或淪為多數人的情婦。而一旦退出舞妓圈，便專以宴席待客為終身職業，待年華老去之後，或以一生積蓄自己開設飲食店，或收門徒傳授歌舞技藝，而絕大多數卻只有將女兒或養女視做搖錢樹了。於是在祇園的花街裡，歷史一代一代地重演著。我個人對舞妓和藝妓十分同情，曾就此事探問過許多人的意見，然而使我驚奇的是，一般京都的人對舞妓和藝妓並不存蔑視的心理。她們甚至因被目為京都傳統文化的保存者而受著某種程度的尊敬。至於她們的不幸遭遇，別人和她們自己都似乎只是視為不可改變的宿命而已。

時間在我的感慨中流去。燈光轉暗後，正面舞臺的幕徐徐昇起，展現於觀眾眼前的是四片緊閉的巨大銀色紙門。繼之，舞臺兩邊斜出的花道上邊的幕亦昇起。左方是十一位著黑色和服的藝妓，正襟危坐，各斜抱一具三味線，年紀約在三十歲上下。右方是九位著紫紅色底碎櫻花圖案和服的藝妓，年紀似較彈三味線的稍小，靠舞臺的一位吹橫笛，餘皆為鼓手。在一曲序曲之後，戲院兩旁邊門裡，突然響起嬌呼「都舞開始了啊！」的聲音，接著左右花道上閃出兩排高矮齊一、服裝相同的舞妓，每邊十四人踏著「能」❸的步伐，緩緩移向中央舞臺。她們每個人都穿著上藍下黃而滿繪五彩花紋的長袖和服，腰間華麗的寬帶在背後打結而長垂著。梳著高髻的頭上也插滿髮簪、緞帶和花朵等飾物。在強烈的舞臺燈光效果下，顯得絢爛無比，令人屏息。二十八個舞妓橫一排地站列在銀門的背景前，隨著弦鼓的節奏起舞，算是「都舞」的序幕。

「都舞」在京都演出已有九十八年的歷史，每回都循著春夏秋冬四季之主題順序，而終曲再回到春天的櫻花舞。第一景為「北野之春」。舞臺背景畫著京都市西北部天滿神宮的梅林。天滿神宮為祭祀平安時代大文學家菅原道真的神祉，園中種植二千五百株紅白梅花。半個月以前我曾經去看過，如今面對著舞臺上的梅林，不禁想起那一片美景，和難忘的梅花清香來。十二位穿著藍底印白梅和服的舞妓，人手一枝梅花，以整齊的動作款款起舞，姿態綽約，有如十二朵清秀的梅花精。可惜日本的古典舞蹈只講究身段手勢之動態，尤其這「都舞」屬於「井上」流派，源起於「能」的精神，動

❸能，源起於日本南北朝至室町時代之藝能。為一種藉用假面、劇本、音樂、演技等獨特方式之歌舞劇。

作徐緩含蓄，臉部則始終不露表情，所以無法透過那雪白的粉臉看出春的歡愉之情。

第二景為「嵐山的夏雨」。舞臺設計十分科學化，換景全用電動，前景昇起，背後即露出次場景物，所以不必降幕。景與景之間，只消燈光轉暗，頃刻之間即可以繼續上演，節目的編排非常緊湊。這一景畫的是京都西南郊外風景區嵐山的大堰川，河堤上有杜鵑花數株，以代表初夏時間。開始時，舞臺微暗，用光影的效果，造成陣雨景象，不久燈光轉亮，於是一幅嵐山初夏的風光便展現在眼前。近處的松，川上的橋，和遠方的山峰，雖只是彩筆描繪，卻也十分傳神。這次是四人舞蹈，都穿著夏季淡色的和服，頭上並蒙著白巾，表示遮雨。時而兩兩相對，時而相背回顧。舞過一陣後，除去蒙頭的白巾，配合著樂聲。做出揩拭袖端雨點的動作，倒也嫻雅可愛。這一場舞蹈，由於較富故事性，所以易為外行觀客所接受，但就舞論舞，卻未必是上乘的表演。我對日本的古典舞蹈完全陌生，但在理論上明白，藝術的最高境界並不在取悅於人，所謂「曲高和寡」的道理便是指此的吧。

在正景與正景之間，有時也穿插狂言❹風的別舞，例如第三景與第四景之間，便有一場表現祇園街頭町人❺風俗生活之舞。背景除祇園區風光外，遠處並繪著京都東北區的名山大文字山，而歌舞之間更以燈光照成燃燒的效果，用以代表京都盛夏大文字山送火的風俗。這種節目編排上的細微處，正足以引起京都住民的共鳴，這或即是「都舞」如此廣受愛戴的原因吧。

第三景為「大原之秋」。洛❻北大原的秋景是壯觀的，尤其那三千院前的苔跡和紅葉，更是無與倫比的美景。這一幕的背景即取材於此。深深淺淺的紅葉，和白果的黃葉，綴滿了古老的三千院木扉前。右前方則設有流水，並架起小橋一座。兩個十來歲的女童扮成賣柴的大原女❼，從那三千院門內舞出。動作稍嫌生硬，尚帶著濃厚的稚

---

❹狂言，能表演時，穿插於正劇之間，以調節沉悶氣氛而娛賓之劇白、歌謠或舞蹈。

❺町人，江戶時代，稱居住於都市之工商業者為町人。

❻洛，京都之雅稱。《隨意錄》：「京都稱洛者，舊擬彼方洛陽耳。」

❼大原女，平安朝以來，大原婦女即以當地所產柴薪供應京都人著稱。彼等以白巾蒙髮，著布衣白裙，足登草履，柴薪則頂於頭上。

氣。然後，從兩邊側門裡出現了十二位背後曳長帶的舞妓。忽而徘徊，忽而弧轉，姿態曼妙，動作嫻熟。一時間，丹楓黃葉的舞臺上，衫飄裾動，步搖釵顫，看得人眼花撩亂。由臺上翩翩起舞的稚女和少女，移目向兩邊花道上擊鼓撥弦的藝妓，我禁不住有所感慨，這就是祇園女人的寫照啊！青春像花朵一般美好，但是花朵會謝，青春易逝，一旦年華老去，她們就得從豪華的人生舞臺退居黯淡的花道上了。古今祇園的花巷裡也不知產生過多少豔妓名旦，在這兒，「長江後浪推前浪」是一句最恰切的比喻。色藝生涯原本空虛，誰又能在時光的流轉中把握得了什麼呢？

第四景為「圓山之雪」。這是唯一採內景的舞臺。榻榻米地、格子紙門及低矮的迴廊，表現出純日本式趣味，而廊外的雪景和雪花飄飛的效果，則象徵著冬季。燈光亮起後，由舞臺下層後方昇起一長方檯，用電動方式推向舞臺右側。上面坐著六位著淡紫色和服的藝妓，最左方的彈琴，順序下來，兩位擊鼓，兩位彈三味線，而最右方的拉中國式胡琴。這次花道的帷幕低垂，樂隊退下，專由這六人奏曲歌唱。秋道太太告訴我，這形式便是典型的祇園式宴會場面。主舞的兩位舞妓，一著黑衫而下襬有絢麗彩花，一著藍衫繫金色腰帶，二人的衣裙內裡皆用豔紅色，故而舉步頓足間，十分妖冶惑人。款歌曼舞少時，又從兩方舞出四位舞妓，一著淡紫色，一著淺綠色，一著水紅色，一著嫩黃色，顏色配合得宜，極柔美優雅。秋道太太又悄悄告訴我，這幾位舞妓身上所穿戴的服飾都是最上乘的貨色，非幾十萬日幣不能得。此話不虛假，我曾經去參觀過西陣織[8]館，有一位正在織腰帶的老師傅對我說過，一條講究的腰帶往往費時月餘始能織成，而無論其花式彩色的配合都堪稱做藝術品，價錢自然也就要比照藝術品了。京都的婦女向以「穿倒」著稱，京都的藝妓和舞妓更不惜一擲千金以換取心愛的服裝，而為籌這一筆龐大的置裝費，她們所抵押掉的，往往是整個的青春！

最後一場舞蹈是櫻花舞。燈光由暗轉明，照出滿臺的櫻花，由遠景山巒臺閣間隱約可見的櫻林，到舞臺前方布置的十幾株櫻樹，以及從舞臺上方垂吊下來的櫻枝，只見一片嫣紅，明媚耀目。觀眾席上讚歎聲連連。這也是一場群舞，包括前幾景所有演

---

[8] 西陣織，京都市區西陣之地所產織錦，華麗絢爛，聞名全日本。此區產業自十五世紀來，多世代相襲。今日大部分生產方式已改為機器化，但仍有少數沿用傳統手工業，最受珍愛。

出者，因此臺上彩色繽紛，人花競豔，熱鬧非凡。年年逐春，從櫻花開始，祇園的「都舞」也把春的信息帶給了人間。

我曾經和秋道太太同觀南座的歲末歌舞伎表演，如今又與她共賞祇園的都舞。這真是不可思議，我們相識不過半年，她比我年紀大十多歲，兩人卻已變成無話不談的知己。是因為對中國文化的嚮往，使她在我身上找到一點中國人的氣質，而對我特別親近嗎？是因為我的日語尚能溝通彼此間的感情思想而縮短了兩人的距離嗎？還是只因為我在旅行，所以奇妙的事情特別多呢？第一次單身在異鄉生活，竟能有如此可貴的友誼，豈非幸運？歌舞練場外，春風和暖，我內心也彌漫著溫暖與安慰。

從歌舞練場走出來，穿過四條，對面是行人較少的典型京都老街。迎著拂面的和風，乘著觀舞後輕鬆的心情，我們手挽手漫步在曲折的小巷裡，走過一條又一條的石板路。有的弄堂夾在民房中間，窄到僅可兩人並行，有的小徑甚至看來就像是在人家裡院一般。如果不是秋道太太嚮導，這樣的街巷我自己是絕對不會發現的。這幾條小路就在兩條大馬路的中間，但是鬧中取靜，聽不到車聲喧譁，也看不到商店櫥窗的玻璃反光。走在這兒，讓你有一種優閒自在的感覺。我尤其喜歡那兩邊高高的古老土牆，牆頭探出的櫻枝柳條，牆角斑斑的苔痕，以及苔上凋零的茶花殘瓣。偶爾有三兩少女談笑走來，我們便側身讓路。不知不覺間，已穿過幾條巷子，來到市中心的圓山公園。

圓山公園在一座小阜上。地形富於自然的高低變化。園內有池塘、小橋及層層石階。又因為種植著千百棵櫻樹，而成為一般市民賞花的好去處。在櫻花季節裡，日夜開放，供人欣賞。由於今年的冬天特冷，冷的期間又特長，如今好不容易櫻花怒放了，大家便等不及地湧向這兒來。整個公園裡，到處鋪著草蓆，男女老少，站著、坐著、躺著，正飲酒歡樂。日本人平日多拘謹嚴肅，但是在賞花的時候卻能盡情開懷。我看到三五成群的男人，脫去了西裝上衣，用白毛巾圍著頭，正醉醺醺自得其樂地拍掌歌唱；看到一對老夫婦，在兒孫的合唱聲中，踏著搖擺不穩的步伐跳舞；也看到醉得不省人事的中年人，睡倒在碎石子路上。大家似乎儘管自己陶醉，全沒有將別人放在眼中。人們醉在酒中，醉在花下，醉在暖洋洋的春光裡。

我們悠閒地揀可走的地方步行，放眼望去，櫻花處處。有淺紅泛白的「山櫻」，花朵飽滿，姿態挺秀；有粉紅較深的「枝垂櫻」，是我從前所沒見過的，花朵嬌小，枝條像柳樹一般下垂，十分柔媚動人，有人把這種「枝垂櫻」比諭為日本女性，真是最恰切不過了。千朵萬朵深紅淺紅的櫻花，在遠近綠葉的陪襯下，如景雲，似彩霞，實在美麗可愛。以前如果有人問我，四季之中最喜歡哪一季？我總是毫不遲疑地回答：最愛秋季。如今，看過京都的櫻花，我竟不知自己是最愛秋季，還是更愛春天了。

步下層層的石級，走出公園外，有一條蜿蜒的柏油路通向知恩院。我們兩人漫步的興致未減，因此便繼續沿著那條東山麓下的路向前走。這條路十分乾淨，微呈上坡。知恩院的古老廟宇便在那斜坡的盡頭。此區離公園較遠，遊客稀少，喧譁淡去。斜陽冉冉，撒滿一地金粉，將我們兩人的影子拖得長長。我把一隻手插在秋道太太寬大的和服袖袋裡，緊緊地挨著她走，一面聽著她喃喃訴說祇園的兒時瑣事。然而，我的思緒飄忽，像一隻在春風中放了長線的風箏，捉摸不定。她那軟綿綿的京都腔，有時像不眠之夜的催眠曲，只經過我的耳朵，卻沒有進入我的腦中。而她呢？只顧自己談著，談著，似乎也不一定要我細聽，已跌入她那甜蜜的往事中了。我們有時駐足瞻仰高大的建築，有時徘徊在鐘樓底下，卻誰也沒有費心去讀那些木牌上的字跡。在這樣的黃昏，我不再關心亭臺樓閣的變遷，不想查究人類哀榮底事，也不願把任何俗務擺在心頭。只因為這暮春的景色太醉人，我心中有些微的激動，和莫名的感傷。

京都的藝妓

作者攝於枝垂櫻花前

喜多川歌麿，「江戸の花 娘浄瑠璃」

神戶東方學會雜記

在五月初的時候，許多住在近畿（即京都、大阪、神戶）附近的外籍學人，以及日本本國學者都收到一封東方學會關西支部長貝塚茂樹先生發出的請柬，邀請參加五月二十三日在神戶郊區芦屋市的「滴翠美術館」舉行的國際東方學者聯歡會。由於此次我被邀請為當天外籍學人演講者之一，所以事實上，早在四月底時就已獲悉此事了。

日本全國之中，有關東方學或漢學研究的組織不少，而東方學會為其中歷史較久、組織龐大且實力雄厚者。尤其以聯絡國際學人為宗旨和會員包括日本本國及外籍人士來說，是其不同於其他組織的最大特色。

東方學會始創於昭和二十二年（西元一九四七年）。事實上，遠在大正十年（西元一九二一年）日本外務省即以我國拳匪之亂的賠償金為基金，從事對中國文化之研究活動，中日戰爭時期，其實際策劃業務，由「大東亞省」主持。其中，純屬學術之研究機關者，有東京的東方文化學院，及京都的東方文化研究所。戰敗之初，日本舉國紊亂不景氣，「大東亞省」的事務遂告停頓，東方文化學院與東方文化研究所幾經波折後，前者歸入東京大學，為東洋文化研究所，後者歸入京都大學，為人文科學研究所，而保留至今。當時另有一部分對華文化事業系統之殘餘業務與財產，則在網羅國內東方學關係學者及促進與外國學者交流之構想下，創辦了「東方學會」，而由前京都大學總長兼東方文化研究所所長羽田亨先生出任會長。日本學術文化之中心在東京與京都，而兩地相距百二十餘里，往返奔走頗費時間與精力，因此「東方學會」乃分設支部於東京及京都二處，以便利兩地日本學者及外籍學人。二支部雖同屬「東方學會」，然而其資金來源，及活動方式卻各自獨立。例如東京支部於昭和二十六年出版《東方學》雜誌創刊號，而京都支部則把重點放在舉行講演會方面，平均每三個月有一次講演。

這個以東方文化研究為目的，而以溝通日本及外國學人為宗旨的「東方學會」，其會員採取較嚴格的推薦制度，而不收會費。會員之中，包括漢學、東洋史學、東洋哲學、東方地理學等凡與東方文化有關之研究者。此外，諾貝爾獎得主的物理學家湯川秀樹，及農學家並河功、經濟學家青山秀夫諸人，雖非東方學研究者，以其個人對學術的廣泛興趣與關心，亦於該會創立之初，受羽田會長之邀請，列為會員兼評議員。至於外籍學人，凡是在日本居留較久，而在東方學研究方面有卓越成績者，亦得受邀請為會員。因此，這是一個網羅了日本第一流東方學研究者及部分世界各地東方學者的學術性組織。該會除了出版日文的學術半年刊《東方學》外，另有歐文雜誌 *ACTA ASIATICA*、*Books and Articles on Oriental Subjects Published in Japan* 及 *Transaction of the International Conference of Orientalists in Japan* 等刊物。

設於京都的關西支部，自昭和二十二年創立以來，事實上即以京都大學為主，例如當初主辦籌備的吉川幸次郎、梅原末治、貝塚茂樹等三位先生，便都是當時京都大學的教授。因此，每當關西支部開會的時候，京都大學的學者總是佔著很大的比例。又由於京都是日本的文化古都，同時也是當今的學術重鎮，成為外籍學人嚮往的研究工作環境，所以以聯絡日本學者及外國學者為旨趣的講演會中，外國學人應邀參加者亦頗踴躍。

這個以國際學人聯歡為目的的東方學會關西支部聚會，每年在近畿附近舉行兩次，一次是在新綠的五月，一次是在紅葉的十月。聚會的精神兼重學術氣氛與感情交流，故多採取學術講演與聚餐形式。同時聚會地點也不固定於一處，而輪流借用近畿一帶環境優雅的博物館或私人宅第，以兼收覽遊之效果。今年的新綠期聚會地點選擇在神戶郊區的芦屋市一所私人的「滴翠美術館」，距離京都約有一小時半的車程。由於芦屋市離京都、大阪及奈良諸地較遠，為顧及與會者的便利，請柬上開會時間特別註明是在近午的十一時。

從京都市乘阪急電車到芦屋市要轉一次慢車，當日值週末，又逢晴天，更因正值大阪萬國博覽會期間，所以車站裡的人特別擁擠，每一班車也都客滿，幸而平岡先生和我們幾個中國朋友相約在阪急起站的河原町四條地下車站等候，因此得有座位，享受一次舒適而從容的旅行。由於搭車與換車意外地順利，到達芦屋市的時間比我們想像的稍早，於是就在車站附近的咖啡館小憩一會。本擬乘計程車赴目的地，卻巧遇車行司機罷工而作罷。只見十幾輛計程車停列庫內，門口有鐵欄橫擋，上面貼滿標語口號，而司機們則蹲在門前抽煙閒聊。這半年多來，我看到日本不少的罷工和罷課，這是民主社會爭取新決策、新制度的手段之一，雖然有時也有某種程度的效果，但是為此所造成的公私雙方的損失也往往不小。既然沒有計程車，而時間尚早，我們便決定邊走邊欣賞風景。

芦屋市雖只是一個小鎮，卻為近畿一帶有名的高級住宅區，許多大阪神戶的財閥富翁都在此有房產及別墅，而一般日本人只要知道某人住在芦屋市，也都會另眼看待的。難怪我們沿途看到的房子都十分豪華雅致，而幾乎家家有寬敞優美的庭園及車庫。走了十多分鐘曲折而微坡的小路，看到路旁有「滴翠美術館」的指標，順著指標轉了一個彎，便看到小路盡頭的矮牆、鐵門和白色的西式建築物。五月的日本，杜鵑盛開，新葉翠色欲滴，眼前的景色正象徵著這所私人美術館的名字一般。

滴翠二字是這所美術館的舊主山口吉郎兵衛氏的號。山口氏原為大阪財界名人，現今三和銀行的前身山口銀行的董事長。他生前雅愛藝術，尤其致力於江戶大奧文化之研究，及日本陶瓷器之研究與蒐集。晚年退休財界，隱居於這所芦屋別墅後，更以古董之翫賞為日常生活。他所蒐集的日本傀儡、羽子板（日本少女於新年玩耍者，由二人手持木製板互擊羽毛球，其木板背面多繪人形，極考究）、撲克牌和京都、紀州兩地的陶瓷器等，是今日有識者所公認的珍物。昭和二十六年山口氏故世後，山口夫人遵其遺志，將住宅改裝為美術館，並以其夫生前所蒐集的古董約八百件陳列於館內，供人觀賞。如今這所私人美術館已組成財團法人，副館長即為山口氏長子山口格太郎。此次東方學會關西支部曾徵得該館同意，借用樓下會議室為講演場所，並開放二樓展覽室，展列以「江戶時代之京都」為主題的名品近百件，以及日本早期撲克牌的特別展，專供與會人士參觀。

走過絨絨的朝鮮草地與沙沙作響的碎石子路，我們看到矮樹叢中石雕的佛像隱現著。在近門右側的高臺上擺列著約莫二尺高五尺寬的石垣殘片一段，下面的木牌上表明係我國漢代殘垣舊跡。這使我想起去年冬天看過的另一個私人博物館泉屋博古的我國古銅器展覽，記得那兒有不少周朝及戰國時代的尊彝和唐代宋代的鏡鑑。也想起萬國博覽會美術館中展列的兩件唐代瓷器，竟是由日本美術館所提供。至於奈良正倉院中的我國歷史文物，更是多得數不清了。雖然藝術文化是不應有國境之分的，但是看到這樣多的寶貴史物流落在外國，心中實在不能不有所感慨。

東方學會借用的會場在樓下會議室中。由於這所美術館係由私人宅第改裝而成，所以全館之中並沒有太大的房間，而在這樣的帶有家庭意味的環境裡舉行聚會，正可以令與會者感到親切溫暖，倍收溝通感情的效果，這或即是主辦人選擇這個地點的原因吧。

由於參加聚會的人多數住在離芦屋市較遠的地方，而這所私人美術館又是許多人以前所未曾來過的地方，所以講演會不得不較預定的時間延遲半小時。這個講演會，通常邀請外國學人講演，有時也可能有一位日本學者參加。這次的講演，除了我代表文學部門之外，另有一位土耳其「伊斯蘭美術館」館長約翰・克拉米特先生代表史學部門。在關西支部長貝塚茂樹先生與東方學會理事長吉川幸次郎先生的簡短致辭與介紹後，我便開始講演。這是一個座談形式的講演會，事先我曾得到該會通知，講演的時間以不超過四十五分鐘為限，因而曾略加整理了自己近年來的一些研究心得，定題為「從遊仙詩到山水詩」。內容著重於就文學發展的趨勢，看我國中世紀詩的題材如何由遊仙過渡到山水，而實際舉例引用郭璞、謝靈運等的詩，做為參考證明。因為與會者半數是日本人，而其餘半數，除中國人外，歐美方面人士多不諳中文，為求多數人瞭解，我的講演遂採用了日語，而引詩誦讀部分則用國語，以求韻律傳神。雖然四十五分鐘的時間並不可能做深入的探討和充分的發揮，但是能夠有機會用外國語文做學術性的講演，對我個人而言，總是一次新的經驗，而會後得因而認識幾位外國學者，並得到與他們討論的機會，也是獲益匪淺，值得紀念的事情。

在十分鐘休息之後，約翰・克拉米特先生接著發表講演。他是一位五十餘歲，身材高大的土耳其人，其講演題目為「土耳其的考古學」。用英語講演，而佐以放映彩色影片，介紹了許多中東的史蹟和古文物。那濃厚的地方色彩風光，與原始民族的藝術品，即使對考古學外行的人，也頗具吸引力。聚精會神地看了半小時的銀幕，聽約翰先生詳盡的說明，令人有如實地觀賞了一次土耳其的博物館。

在講演會之後，大家一度退出會議室，以便接待人員準備午餐。會議室旁有一間寬敞的會客室，鋪著地毯，擺著茶几和沙發椅，牆上並掛列著現代日本畫家的西洋水彩畫，大家就在那兒休息閒談。這是一段各國學者們互相認識的時間。在場的日本學者頗多知名之士：吉川幸次郎先生是當今日本漢學研究泰斗，他學問淵博，著作豐多，早已聞名海內外，雖然目前已自京大退休，然而身體健碩，精神煥發，私人講授中國文學，領導杜詩研究小組等，誨人不倦，是一位可敬佩的學者。小川環樹先生與貝塚茂樹、湯川秀樹是姓氏不同的三兄弟，他們三位學問研究的分野各異，卻都有卓越的成就。小川先生現任京大文學部中文系主任。他身體清癯，沉默寡言，略帶神經質的神情，予人一種典型文人的印象。梅原末治先生是東方學會關西支部的三大創辦功臣之一。如今年逾七十，早已退休。他幽默地自哂「老朽」，然而精神彌佳，從不停輟考古學的研究，尤其熱衷拓印碑帖。與會者之中，年紀最大的，恐怕是高齡八十的杉木直次郎先生了。我來日本後所讀的第一本書《阿倍仲麿傳研究》便是他的著作。當時心中頗多疑問，沒想到竟會在這次聚會裡認識。他身體微僂，步伐蹣跚，耳朵也不太靈，卻殷殷關懷我的研究，並留下地址和電話號碼，歡迎我日後去看他。日本的佛學研究頗盛，東方學會會員之中，有許多位這方面的權威，如已自京大退休的長尾雅人即是。他頭髮花白，談吐相當風趣，知悉我從臺灣來，曾問及幾位和尚的名字，可惜我都不認識。

奇怪的是，參加這次聚會的日本學者之中，絕大多數是六十歲以上的老先生，這現象難免使人發問：他們的年輕人在哪兒？溝通老一輩學者與這一代學者的橋樑何在？三年前，《東方學》雜誌為慶祝創會二十周年，曾經舉行過一次該會元老的座談會，會中亦曾談及會員中缺少新血的問題。老學者們憂慮年輕人對傳統學術研究風氣的冷漠態度；不過，去年學潮以來，大學裡的助手們所發表的論調，則又顯示出年輕人爭取學術地位的迫切意願。這種兩代之間的矛盾，正是當今日本學術界急待解決的一大課題。

另一個引人注意的現象是：這次聚會中，日本學者方面全部是男性，而沒有一位女學者參加。本來，在整個東方學會的會員名單中，女性會員就已寥寥無幾，而日本全國各大學之中，女教授席次更是少之又少，就以京都大學為例吧，今年有一位女教員獲得通過升等，成為第一位女性理科教授。這件事在京都大學成了一條大新聞，被人們談論甚久。二次大戰後，日本的女權已較往昔提高不少，去年甚且有「女性上位年」之稱，但是一般說來，日本女性要在社會上得到與男性同等的地位，恐怕還需要她們自己的一番努力自勉，另一方面，也尚有待於整個社會人士的觀念的轉變。

與會的外國女性倒有不少。有一位來自丹麥的考古人類學女教授，她已是三度東來，這次是來研究奈良東大寺佛教儀式中「取水」風俗的。另有一位年輕的英國女性，則因嚮往東洋藝術，專程來研習江戶時代的版畫。對於她們研究的熱誠與專精，日本學者們頗表驚佩。

午餐仍在會議室。日本學者與外國學人雜坐，圍著U字形的桌子聚餐。大家一面談笑，一面享受純京都風味的生魚冷飯便當。儘管肌膚頭髮的顏色不同，拿筷子的姿勢有生巧之別，溝通在座數十人的心的是，共同的學術研究方向。席間所流露的和諧氣氛，正是不分東西，超越了人種國境，人類追求知識真理的表現。利用飯後飲茶的時間，有人提議自我介紹，以便彼此有較多的認識。介紹辭或用日語，或用英語，各人把握簡短的時間，發揮了說話的技巧與幽默感。例如吉川先生稱退休的自己為「無業浪人」；年老的梅原先生自稱「老不死」；另有一位在大阪大學執教的先生則自謂「混飯吃」等，皆不失詼諧，擺脫了平日的道貌岸然，使本易流於呆滯的這一段時間，意外地顯現了輕鬆活潑。

午餐後，承「滴翠美術館」副館長山口先生盛意，將他先人所蒐集的日本早期撲克牌十餘種展列在一張長型會議桌上，供大家參觀。據山口先生說明，早在天文十二年（西元一五四三年），葡萄牙人東來開創南蠻貿易公司以來，西方文化即陸續流入日本，當時在海員和商人間盛行的 Carta 亦於同時傳入日本，而漸受一般庶民歡迎。如今日本有一種書寫和歌的改良撲克牌，仍沿用葡萄牙讀音 Carta 呢。撲克牌初時係吉普賽人用以占卜用者，後來逐漸轉變為遊戲之用，甚且兼帶賭博性質。其張數亦有自四十八張到七十八張等，因時代和地域而不同。元祿時代（西元一六八八～一七〇三年）由於撲克牌的賭博大大流行，政府一度下令禁止。其後在上流社會間出現了以和歌入牌，寓風雅於遊戲的一種紙牌，遂使這種 Carta 在日本民間社會的地位大形提高。至今每逢新年，男女老幼仍有玩和歌紙牌的習俗。山口先生家傳的撲克牌，不僅網羅日本各代產品，且兼及部分早期歐洲貨色。只見形形色色攤滿整桌的 Carta，有紙製的，有革製的，也有錫片製的。而且從牌上所繪圖像，亦可窺見當時的時代風尚，例如崇武的德川幕府時代產品，以武士圖像代替國王與皇后；遊女昌熾的江戶時代產品，則上畫豔麗的浮世繪。看似平凡無奇的撲克牌之中，竟也代表歷史的興衰變遷，而聆聽山口先生細數家珍，更不能不使人感慨知識的無垠。

看完撲克牌的特別展覽後，大家自由登上二樓，參觀滴翠美術館的部分陳列——「江戶時代的京都」。顧名思義，這是以京都為主題，而將焦點置於江戶時代的一個精緻的地域性展覽。所展示物件之中，以陶瓷器為最多。京都以其為日本之古都，藝術氣息特別濃厚，僅就其陶瓷器而言，即有御室、粟田口、御菩薩、清閒寺、音羽、清水諸名窯，古來其產品享盛名於日本全國。至今，清水燒仍然是京都人引以為榮的藝術品。此次展出品件中，以茶碗佔大多數，蓋因京都為日本茶道發祥地及中心之故。從其所擺列的時間先後次序，可以窺見陶瓷器藝術風格的演變。大體言之，明曆期（西元一六五五～一六五七年）作品較為華麗灑脫；元祿期（見前）作品漸形收斂；至文化文政年間（西元一八〇四～一八二九年），由於文人之間流行煎茶，而陶瓷器的風格亦大受我國影響，帶有相當濃厚的中國趣味。有幾個杯碗，甚至與我們故宮博物院裡所展列者無異，由此也可以想見日人仰慕我國文化之深了。

展覽室四周的玻璃櫥中掛著一些小品書畫，做為此次展覽的陪襯。其中最引人注意者為近衛三藐院信伊、本阿彌光悅、松花堂昭乘等三人的字跡，合稱為「寬永三筆」（或稱「平安三筆」），另有相傳為和歌大家小野道風的筆跡一幅。

據說「滴翠美術館」將於今年年底之內，分三回舉行類似的展覽，把日本的古文物，從時間的縱斷面，及從地域的橫剖面公開展現於一般愛好者之前。這也正是該館故主山口滴翠氏的遺志。資本家能以其個人畢身積蓄與精力投資於歷史文物之蒐研，身後並以之貢獻於其國家同胞，這實在是極有意義的。

看完全部展覽，已是下午三點半了。初夏的陽光正照耀著館前的潔淨碎石子路。走到門口時，看見梅原先生正在那兒高捲袖子，揮著汗，蹲在地上拓印一段石碑。吉川先生對他搖搖頭，笑著說：「你的老毛病又發作了！」是的，學術文化的工作者總是有這一股狂熱的。梅原先生如此熱衷工作，吉川先生自己又何嘗不然呢？八十高齡的杉木先生從我身邊走過，他將搭乘一個多小時的電車趕回京都去。二十餘年來，東方學會之所以不曾間斷，其組織且日益壯大，正有賴於大家這種對學術工作的共同的狂熱精神啊！

東方學會席間與中國學者們合影

鑑真與唐招提寺

山川異域，風月同天，寄諸佛子，共結來緣。

這是古代日本佛教徒繡在一千領袈裟上的詩句，用以供養中國的高僧大德的。日本自飛鳥朝（西元五二二～六四四年）的聖德太子大化革新，提倡佛教以來，隋唐之際，前來我國留學的「學問僧」❶和「請益僧」❷，為數不下百人。而唐僧東渡弘法者，卻以鑒真大師功績為最著。他對日本佛教的發展，影響至鉅，而他那為宣揚佛法，不畏艱難，屢挫屢進的偉大精神，更是至今垂芳異域，感動每一個瞻仰奈良唐招提寺者之心。

鑒真大師俗姓淳于，揚州江都縣人，生於武則天時代的垂拱四年（西元六八八年）❸。年十四，隨其父親到大雲寺，看見佛像，深受感動，遂發心依該寺智滿禪師

❶日本一般僧人入唐留學，其留學期間較長者，稱「學問僧」。

❷僧人之中已有學問及地位，而入唐留學，求更深入之研修者，其留學期間較短，稱「請益僧」。

❸見《宋高僧傳・卷十四》、《唐大和上東征傳》。

出家。中宗神龍元年（西元七〇五年），年十八，從道岸律師受菩薩戒。又三年，至長安實際寺，從恆景律師受具足戒。恆景與道岸都是當時有名的大德，鑒真的天性本來非常篤實，又親從二師受業，遂養成一種堅毅懇至的作風，為後日弘法事業奠定了良好的基礎。

《宋高僧傳・鑒真本傳》云：「觀光兩京，名師陶誘，三藏教法，數稔該通，動必研幾，曾無矜伐。」可見他到長安以後，除了學習戒律和天臺止觀以外，又從其他名德參學幾年。在長安參學時，正值律宗方面新論紛爭、莫衷一是之際。他是一個注重實踐的人，大概不以為然，所以不久便回到揚州，專門弘傳南山的戒法。日本淡海真人元開所著《唐大和上東征傳》云：

昔光州道岸律師命世挺生，天下四百餘州以為受戒之主。岸律師遷化之後，其弟子杭州義威律師響振四遠，德流八紘，諸州亦以為受戒師。義威律師無常之後，開元二十一年，時大和尚（按即鑒真）年滿四十六，淮南江左淨持戒者，唯大和尚獨秀無倫，道俗歸心，仰為受戒之大師。凡前後講大律並疏四十遍，講律抄七十遍，講輕重儀十遍，講羯摩疏十遍。且修三學，博達五乘，外秉威儀，內求奧理。講授之閒，造立寺舍，供養十萬眾僧，造佛菩薩像其數無量。縫衲袈裟千領，布袈裟二千餘領送五臺僧，設無遮大會。開悲田而救濟貧病，啟敬田而供養三寶，寫一切經三部，各一萬一千卷。前後度人受戒，略計過四萬有餘。其弟子中，超群拔萃為世範者，即有揚州崇福寺僧祥彥……等三十五人，並為翹楚，各在一方，弘法于世，導化群生。

這是鑒真東渡之前，在國內弘法利生的情況，而《宋高僧傳》上竟一無記載。

禮請鑒真東渡弘法的是奈良興福寺的二僧榮叡與普照（一說普照為大安寺僧）。當時日本佛教戒律未具，二人乃同時於開元二十一年（西元七三三年），隨遣唐使船，以學問僧之身分入唐留學。日本派遣遣唐使與留學生，以玄宗開元天寶之間為一高潮，那時在唐的日本留學生有阿部仲麿，吉備真備及學問僧玄昉等，他們在唐駐留時間都已十六年，學有所成，尤其是阿部仲麿，因慕我國文化，改稱唐姓名為朝衡[4]，並仕唐朝為左補闕。榮叡與普照在洛陽、長安等地從名僧大師學習。天寶元年（西元七四二年），二人學成返國，途經揚州，適值鑒真在大明寺講律，參聽之後，十分心折，遂頂禮懇求道：「佛法東流至日本國，雖有其法而無傳法人。日本國昔有聖德太子曰，二百年後，聖教興于日本。今鍾此運，願大和尚東遊興化[5]。」那時鑒真已經五十五歲，而揚州近海，海上風波之險惡，他和門徒們是深深知曉的，所以當鑒真接受了榮叡、普照二人的懇求，要動員門徒們隨他東渡的時候，他的大弟子祥彥就說：「彼國太遠，生命難存，滄海淼漫，百無一至；人身難得，中國難生，進修未備，道果未剋。」這些話語並無誇張虛假，當時航海術未發達，而船舶簡陋，只看在十七次遣唐使中，海上遭難而船舶沉沒，或漂流異方者達八次之多的事實，便可以相信了。但是鑒真卻毅然決然地說：「是為法事也，何惜性命！諸人不去，我即去耳。」宗教家弘

[4] 見《舊唐書・卷一九九・日本傳》、《新唐書・卷二二〇・日本傳》。

[5] 詳《唐大和上東征傳》。

揚法事的熱誠，與大無畏的精神，終於感動了門徒們，祥彥首先表示願意同去，道興、道航、如海、思託等二十一人也決心相隨，於是便組成了第一次東渡弘法團。

可是這一次並沒有去成，因為內部意見不一致，如海並利用當時沿海有海賊蠢動的情況，揑造是非，向政府告密。結果，準備東渡的船隻被沒收，如海坐誣告罪決杖六十，遞送本籍還俗。榮叡、普照與玄朗、玄法四人則被監禁四個月。但是榮叡與普照並不灰心，他們迴避官眼，私見鑒真，再度懇求。鑒真安慰他們說：「不須愁，宜求方便，必遂本願。」乃出錢八十貫，買得嶺南道採訪使劉巨鱗的軍用船一隻，又雇舟人十八人。於是，積極地準備東渡計劃。這次決心相從的有祥彥、道興、德清、思託、榮叡、普照等十七人，連同畫師、玉作、刻碑等手工藝工人，共八十五人，組成第二次的弘法團。

天寶二年（西元七四三年）冬十二月，鑒真率領一行人揚帆出江，但是船到了狼溝浦就遭大風浪而破損。乃上岸修理，然後再駛。可是到了乘名山，又遇風浪而觸礁，船身破壞，幸而人員沒有損失。忍饑捱餓三數日，才得到救濟，被收容在鄮縣❻的阿育王寺。浙東許多大寺院的僧眾獲悉鑒真大師到來，紛紛請他去講律傳戒。有些人捨不得鑒真出國，竟向衙門誣告榮叡引誘鑒真。榮叡因此被捕下獄，枷遞至杭州。時榮叡臥病，請求出獄治病，不久，詭稱病死，潛離杭州，又與普照同去懇求鑒真。鑒真見其堅貞不移，十分感動，遂派法進等三人去福州買船，並置辦糧食用品。他自己則率領門徒三十多人巡禮天臺山後，到達溫州，想從那裡去福州和法進等會合，一同出國。但是各地衙門奉上命不許鑒真出國，追蹤所經諸寺，最後在禪林寺把鑒真捉到，差使押送，防護十重。鑒真只得再回揚州。這是第四度的挫折。

天寶七年（西元七四八年）之春，榮叡與普照又訪鑒真於揚州崇福寺，五度懇求。於是又開始備航。同年六月，鑒真率領一行三十五人乘船自揚州新河出江。但是東下至常州的狼山附近，風勢轉急，船周旋於三山之間。及至進入東海，則又「風急波峻，水黑如墨，沸浪一透如上高山，怒濤再至，似入深谷」。眾人皆慌怖，口中但念觀音。船在茫茫大海中漂流，有時受海鳥侵襲：「鳥大如人，飛集舟上，舟重欲沒，人以手

❻鄮縣即會稽縣。

推，鳥即銜手。」有時受饑渴煎熬：「普照師每日食時行生米少許，與眾僧以充中食。舟上無水，嚼米喉乾，咽不入，吐不出。飲鹹水，腹即脹。」支持了十四晝夜，終於漂流到了海南島。海南島的人也敬重鑑真，為他在振州建造一寺，又請他講律度人。後來經過廣東雷州，廣西梧州，廣東端州、韶州，江西吉州，江蘇潤州等地，輾轉過江，重回到揚州。此次挫折，水陸往返一兩萬里，從行的日本學問僧榮叡病逝端州，鑑真的大弟子祥彥圓寂吉州，而鑑真自己則因在南方受暑熱，「眼光暗昧」，又為庸醫所誤，遂至雙目失明，可謂備嘗艱苦了。

五度失敗的鑑真於返歸揚州後，仍住職龍興寺，而繼續在龍興、崇福、大明、延光等寺講律授戒，獻身宗教活動。

天寶十二年（西元七五三年）十月，鑑真已經六十六歲，又因日本遣唐大使藤原清河及副使吉備真備的懇請，慨允東渡。此次渡海，總算順利，相隨弟子有法進、思託、義進、普照等二十五人。所帶物件，除如來舍利、佛像、金字《華嚴經》、金字《般若經》、《四分戒》，及諸家疏釋，《天台止觀》等內典以外，尚有王羲之及王獻之的真蹟行書四帖，大概也是鑒真所收藏和心愛的文物。同年十二月二十日，載著鑒真和門徒的遣唐使船安抵日本薩摩國阿多郡秋妻屋浦。自立志東渡傳戒以來，已曆十二載曾經五度挫折，無數艱難，鑒真大師終獲如願，應日本僧人之邀請，來到了異邦。當年懇求鑒真東渡的虔誠僧人之一的榮叡，卻不及親睹成功而客逝我國。

日本孝謙天皇天平勝寶六年（西元七五四年）二月，鑒真及其弘法團到達日本當時的京城奈良，曾受到極隆重的迎慰禮節。天皇特賜以傳燈大法師位，並命吉備真備傳古詔道：「大德和尚遠涉滄波投此國，誠副朕意，喜慰無喻。朕造此東大寺經十餘年，欲立戒壇，傳授戒律，自有此心，日夜不忘。今諸大德遠來傳戒，實契朕心，自今以後，受戒傳律，一任大和尚。」可見當時鑒真所受日本朝野的信任與崇敬之一斑。鑒真在中國時，曾從恆景學天台宗，他帶去日本的經典中，也有天臺宗的章疏。他在日本，除講戒律外，也講天臺三大部。他傳天臺宗義於法進，法進傳最澄，最澄入唐請益之後，歸國成立日本的天臺宗，史稱傳教大師。此外，鑒真與其弟子對密宗的關係也很深。如他們帶去日本的佛像中，彫白檀千手像一尊，及繡千手像一幅，即為密宗佛像。對空海（弘法大師）之入唐求受密法不無影響。空海與最澄是發展日本平安朝佛教的中心人物，而二者皆與鑒真有頗深的關係，故稱鑒真為日本佛教發展之功臣，實不為過。

據日本僧慧安所作《戒律傳來記》上卷所說：鑒真在東渡之前，曾修造過古寺八十餘處，對造寺造像頗有經驗，所以按照道宣律師的《戒壇圖經》在東大寺建立戒壇，還是他親自指揮的。戒壇建成，天皇及太子都登壇受菩薩戒，已受過戒的大僧靈祐等八十餘人也捨舊戒，重依鑒真受戒。日本的三寶至此具足，為其後日佛教發展打下堅實的基礎。表面看來，日本招請鑒真之目的乃在普及佛教之外更求戒律之完整，但事實上，除佛教本身之意義而外，鑒真的東渡更含有其他功用的。原來，當時日本的僧尼有接受免課役的優待，遂有許多不識經典禮法的農民相繼加入佛門行伍，以其無知，傳布妖說，頗惑民聽。長此以往，納稅人將形銳減，而律令體制將傾危不安。於是為防止這種邪僧邪尼之增加，戒律與自肅遂成首要課題。在此情況之下，招請權威的戒律之師，實際上，也變成了為維護當時日本國家體制所刻不容緩的需要了。

天平勝寶八年（西元七五六年），鑒真出任為僧綱（即僧侶之國家統制機關）最高地位的大僧都。他的弟子法進則任命為律師。不過，鑒真任大僧都僅只二年，即辭職離開東大寺❼。與他同時東渡的中國門徒，除法進之外，亦皆於同時離開了東大寺。關於鑒真辭大僧都之職的原因，歷史上沒有記載，不過，近世史家有一種假設：認為，鑒真之辭職可能與同時出任為另一大僧都的日本僧良弁有關。佛門亦不免有意見相左之事，這個例子可見於前文空海與最澄之由交惡而絕交的事實❽。乃何況以一個外國人而身居最高權威的大僧都職，其處境之難，可以想見。而鑒真不發一言，默默離開東大寺，正足以表現其人胸襟之廣，氣量之大了。

辭去大僧都職後，鑒真接受了新田部親王舊宅，與追隨他的弟子們著手興建一所新的律宗精舍——「唐律招提」。這座私人的寺院，其規模自然不能與官方的東大寺或西大寺相比，其資金也並不寬裕，但是在這樣薄弱的客觀條件下，他們仍毅然決然地

---

❼ 當時東大寺為僧綱之衙門，故鑒真辭去大僧都職必須離開東大寺。

❽ 詳見〈空海．東寺．市集〉。

開始了鑿土奠基的辛勞工作。支持他們的力量，毋寧乃是一種超越國境的崇高的宗教理想！工程一度曾因天皇駕崩而輟止，所幸，不久又蒙新天皇敕准而得以繼續營造。

天平寶字三年（西元七五九年）八月，寺院主要部分已逐漸落成，孝謙天皇並賜「唐招提寺」之匾額，以懸於山門，又下詔：今後凡出家者，必先入唐招提寺學律學，而後可以自選宗派。於是四方學徒麕集習律，頗極一時之盛。

卸去大僧都之職的鑒真便在這所唐招提寺內講律授戒，度其餘生。天平寶字七年（西元七六三年）五月六日，一代巨師結跏趺坐，面西圓寂於該寺講堂內。死後三日，頭部猶有餘溫，故而久久不能葬。翌年，日本派使者到揚州報喪。揚州諸寺僧侶皆著喪服三日，向東哀悼，以紀念這一位不畏艱難東渡弘法的偉人。

今天，在距離奈良平城宮故址西南不遠處的叢林之間，莊嚴肅穆的唐招提寺依然屹立著。當然，在悠久的歲月裡，隨著世態的變遷，它曾有過香火衰微的時期，然而與許多同樣的木造寺院相比，唐招提寺算是很幸運的，因為千二百餘年來，它未曾遭遇過什麼兵火水災，而全部伽藍都能保存原來的面貌。不過，據唐招提寺史料記載，今日所見的該寺伽藍卻不一定皆修成於鑒真在世之時。以鑒真及其門徒當初貧乏的資金，這所寺院的建造恐怕是相當困難的。他們在有限的經濟與精力的許可範圍內，只能依實際的需要，逐一修建：先造日常起居的僧坊，而後食堂，而後講室。至於該寺建築物精華之一的金堂，其修成時間恐怕更在晚後，或謂落成於寶龜七年（西元七七六年），則這座壯麗雄偉的伽藍，竟是在鑒真之後才修造的，那麼雙目失明的高僧也就不曾有過觸摸其八大環柱的可能了。

唐招提寺的特色之一，乃是由伽藍建築的各堂宇所配置而成的空間調和之美。以金堂為中心，其背後有講堂，東側有鼓樓、藏寶庫、藏經庫及禮堂；西側有鐘樓及開山堂、西室遺址。各建築物之間，既不過分密集而呈相互干涉，亦不過分疏隔而彼此獨立，在整體上，經過精細的布局，故有息息相關的氣氛，而青松黃荻點綴其間，更收幽美的效果。

這一群古穆的伽藍建築保留著鑒真時代唐朝寺院的風貌。唐朝與平安時期的宮殿，今日已蕩然無存，但是因為唐招提寺的講堂原是以平城京的東朝集殿遷建的，而昔日平城京的宮殿則大體模仿長安宮殿建修，所以該講堂也就變成了當年宮殿建築的罕貴實例。歇山頂（日人稱「入毋屋」）式的殿頂呈緩和的坡度，殿堂高昂而寬廣，白色的牆和木質自然的正面十片門扉，予人從容的大陸氣象，而當踏入磚地的殿內時，人所感受到的氣氛，也與走在木板蓆地的純日式寺院時迥然不同。這座講堂內供奉著不少木雕佛像，由於歷時悠久，多數已殘闕不完整。有一座稱做唐招提寺樣式的失去了頭和手的如來形立像，雕工細緻，無論其站立的姿勢，及衣褶的線條，都非常柔和優美。如果說西洋的維納斯石像因斷去了手而增加其藝術的神祕感；這座沒有頭和手的如來木像也因其殘闕不全而更令人印象深刻了。講堂之內光線幽暗，十幾座佛像靜穆地排列直立著，一種融合了宗教與藝術的美，使人感動屏息。

金堂正對著山門，堂堂地坐落在寬廣的白色碎石路盡頭。在整個建築物的比例上，屋頂佔著過半的高度，因此那緩和的坡度，寬大的面積，予人從容的感覺，而頂上兩端翹起的鴟尾，則於靜美之中表現力感。前簷下有高大的八根環柱，在寬長的廊上造成平衡的空間畫面。金堂和講堂同樣都是七間之中，五間設門兩端盡間開窗的形式。

這座金堂是少數天平時代（西元七二九～七六七年）金堂遺構之一，故而十分貴重。據寺傳，為鑒真弟子少僧都如寶所造，屬於奈良時代末期的建築，其建築式樣也是模仿唐朝寺院的。

金堂與講堂東側的二座藏經庫，與藏寶庫同屬於正方形的校倉造⑨。為避潮濕而高架屋基，規模自然遠不及東大寺的藏寶庫，但是具體而微，其保全歷史遺物的功效是同樣的。

金堂之西，走過松針滿地的小徑，戒壇便在道路的盡頭。四面圍繞土牆，牆內雜草叢生。經過嘉永四年（西元一八五一年）的火災，戒壇焚毀以後，迄今，只留下花崗岩的巨大底基，一任風吹雨打未曾再建。遙想鑒真當年應榮叡與普照之邀請渡海東來，最主要的任務乃在為日本佛教界傳授戒律，又當其身為大僧都之時，東大寺內主持天皇以下各大僧之菩薩戒的壯舉，戒壇應當是最為這位大師所重視的地方，而今唐招提寺的戒壇卻任其荒廢失修，實在遺憾之至！

⑨日本古代木造倉庫建築物，其基甚高，利用木質對燥濕之反應，具有通風防潮效果。

在講堂之後稍高處，有一座御影堂，裡面安置著鑒真的肖像雕刻。關於這雕像有一傳說：天平寶字七年（西元七六三年）春，鑒真的健康漸衰退，有一夜，其弟子忍基夢見講堂的棟樑折斷，認為係其師死亡的預兆，遂與其他僧徒開始造鑒真像。這座鑒真像為木雕脫乾漆像，坐高八十公分。結跏趺坐，靜閉雙目，面部表情安詳，卻充分流露著屢挫不敗的堅強意志，和以戒律淨化佛教界的偉大精神。

鑒真的墓與御影堂比鄰，步入土牆與木扉的墓園內，有一條泥徑夾在青苔松林之間。順著泥徑走，步過荷葉處處的池塘小橋，前面有一座寶篋印塔式的石塚，便是鑒真之墓。石塚並不高大，也沒有雕琢，它只是簡樸的一堆積石，靜靜地矗立在幽暗的林木之下，但是那苔痕斑斕的墓前，鮮花未曾斷絕過。「桃李不言，下自成蹊。」千二百餘年來，日本男女，無論佛徒與否，對於我國這位不畏艱難，東渡弘法的大德，由衷感佩，故不分晴雨，墓前永遠有憑弔者流連徘徊。

盛唐開元天寶之際，正值我國文化高漲，當時日本政府為迎頭趕上，曾大量派遣各方人才入唐留學；而鑒真以一介高齡盲僧，憑其個人的無比堅毅精神，透過宗教的戒律，將我國的文化帶來了日本。時間與事實證明，他辛勤的播種，終於開花結果在每一個日本人的心上。今日，到唐招提寺來參觀的人，將不只看到眼前座座的伽藍，他所感受到的是一種高度文化的偉大影響力；而對於鑒真其人的崇敬，也實在是超越了狹窄民族觀念的衷誠感情。

晚年失明的鑒真和尚像

作者攝於唐招提寺

祇園祭

梅雨的季節一過，盆地中心區的京都便要進入近似大陸性氣候的炎暑了，而將這盛夏的信息具體地帶給京都人的便是一年一度的盛大祭事——「祇園祭」。在這個古都，人們的思想有時是刻意保留古典的，譬如對四季，他們就寧願信從古老的習俗，也不大願意傾耳氣象臺的預測。去年我剛來的時候，正好趕上了秋季的「時代祭」❶，紅葉就綴遍了全城，接著，看過南座的「顏見世」❷，我經歷了一次沒有暖氣的隆冬；而代表春天的櫻花「都舞」❸似乎不多久前才看的，怎麼「祇園祭」的囃子❹聲這樣

❶ 平安神宮創建於明治二十八年，此年係平安奠都一千一百年。「時代祭」於每年十月二十二日，將此一千一百年間各時代風俗，以及各時代代表人物，組織成古典化裝大遊行。

❷ 每年從十二月一日到年底，於京都「南座」戲院舉行之歌舞伎公演，叫做「吉例顏見世興行」。詳見〈歲末京都歌舞伎觀賞記〉。

❸ 每年四月一日起，在京都祇園花街有舞妓表演代表四季的歌舞，叫做「都舞」。詳見〈櫻花時節觀都舞〉。

❹ 囃子是演奏日本古典樂器三味線、笛、鼓等的樂隊。祇園囃子則是專指祇園祭時表演的樂隊，所用樂器有銅鈴、鼓、笛。

快就把夏天帶來京都了呢？

京都的「祇園祭」與東京的「神田祭」、大阪的「天神祭」，合稱為日本三大祭事，而在京都本地，「祇園祭」又與「時代祭」、「葵祭」❺稱鼎足。日本人是一個喜愛祭祀熱鬧的民族，京都人尤多行事，翻開京都的日曆，你可以發現一年三百六十五天之中，他們倒有一大半的日子在過節。而這七月的「祇園祭」算是最熱鬧隆重，也是費時最久的。從七月十日開始，京都商業鬧區的四條附近各處就要忙著準備祭典用的輿車了。（輿車分兩類：車箱上有長矛的叫做「鉾」，沒有長矛的叫做「山」。由於每年準備「鉾」與「山」的區域都是一定的，所以這些地方在七月份裡就統稱為「山鉾町」。）七月十六日為「祇園祭」前夕，有點燃了燈籠的輿車預展，這個晚上的節目叫「宵山」（「宵山祭」之簡稱）。十七日為「祇園祭」最高潮，有輿車遊行。二十八日，一切祭典完畢，輿車復納入神社，叫「神輿洗」，所以一個「祇園祭」，前前後後佔滿了整個

❺「葵祭」的由來甚久，一說源於欽明天皇（西元五四〇～五七一年）時。《源氏物語》中已見言及。遊行者著平安朝服裝，自上賀茂神社前往下賀茂神社祭拜。

的七月。

「祇園祭」之由來甚久。事起於清和天皇貞觀十一年（西元八六九年），當時日本全國瘟疫蔓延，治癒無方，死亡者日增，民情悲沉。卜官日良麿認為干犯牛頭天王，乃於六月六日立二丈長之矛六十六支（當時日本有六十六國，每一支矛代表一國）於京都各街角，又送神輿於神泉苑（皇室苑囿）以祭神、除疫。其後歷代沿傳，是為「祇園靈會」。圓融天皇天祿元年（西元九七〇年）起，改在每年六月十四日行「祇園會」。藤原時代壯大祭禮；南北朝時代更作「山」與「鉾」；其後，歷足利義政時代、室町時代而祭物益增，儀式愈備，終於風流盡美，引起民眾關心。一度曾因應仁之亂而中斷，後又得市民支持而復興。二次大戰後，則在官方著意維護下，正式成為日本文化遺產之一種，每年擴大舉行，以引起國內外人士之注意。

從七月十日到十七日，這長達一星期的節目，若想要每個細節都看，是足夠累倒人的。通常，大家只撿最熱鬧的「宵山」和遊行看。對我個人而言，歸期在望，而看完祇園祭，京都四季的重要祭事也幾乎都經驗到了，所以當秋道太太和平岡教授夫婦邀我共賞「宵山」夜景時，自然毫不考慮就答應了。秋道太太還熱心地依著日本習俗，老早替我縫製了一襲「浴衣」。「浴衣」是夏季綿布簡便和服，夏天傍晚時分日本男女老少，多喜穿上這種質地花紋涼爽的和服，赤足著木屐納涼。我不會自己穿這種和服，所以只好勞駕秋道太太幫我穿。只覺得她蹲在榻榻米上，在我身前身後繞來繞去了好一會兒工夫，才將一襲「浴衣」給我穿好；而她自己已是滿身大汗。她問我：「浴衣挺涼快的吧？」為了不使她失望，我只有點頭。其實，和服長及足踝，腰間有七八寸寬而僵硬的帶子，由於整件衣服沒有縫綴一粒紐扣，所以要穿牢一襲這樣的「浴衣」，腰際裡裡外外總共紮上了五六條寬細軟硬不等的帶子，對於平日穿慣洋裝和旗袍的我，實在一時間不容易感覺到涼快呢。而當彎腰穿木屐時，緊裹著腰的寬帶又阻礙了行動，我只有扶著紙門，用腳指摸索著套上了木屐。木屐有前後兩排一寸高的齒，穿在腳上走路時，又與高跟鞋大異其趣，不小心是很可能摔跤的。後來，我發現碎步子拖著走，最易於行動，又由於衫裙長而窄緊，邁步子不可能大方。這才恍然大悟，原來日本婦女走內八字碎步是有道理的！

我們一行四人，雇了計程車直赴鬧區四條的法式餐館「萬養軒」。這兒是京都歷史最悠久的西餐館，主人早年曾留學法國，從名師學習烹飪，故素以美味著稱；對於服務生的禮節訓練尤其注意，每當客人步入自動門內，便有戴白手套的一男一女服務生笑容可掬地迎接。對於這樣正式的氣氛而言，我和秋道太太的簡便「浴衣」似乎有些不調和，我尤其不安於自己那一雙著木屐的赤足。但是平岡教授說，在「祇園祭」時節，「浴衣」是最時髦的大禮服，聽了這番話，我才稍覺安慰。但畢竟是怕屐齒損傷紅地毯吧，服務生客氣地拿了兩雙拖鞋給我們換穿。當我赤足穿著拖鞋，步經衣香鬢影的仕女前時，仍然是紅著臉，很不自在的。

我們從容用餐，慢慢飲酒。走出「萬養軒」時已是八時半。為著配合「宵山」與遊行，京都市的交通管理當局已下令十六日夜六時半至十一時，十七日上午八時至正午，嚴禁一切車輛通過四條，因此平常車水馬龍的四條通鬧街，此時不見一輛車，人們可以不顧紅綠燈的指示，橫行無忌。但是，由於人潮洶湧，仍然出動了警察，拿著擴音機指揮行人。我們隨即加入了人潮，四人橫一排，手牽著手，以免被沖散。多數人穿著浴衣和木屐，手中拿著團扇，悠閒地漫步著。這情景是和平的，古典的，也是十足東洋情調的。

四條通兩邊的商店多數已打烊，騎樓簷下掛著藍底有白色「祇園祭」徽章的布幔，每隔一段距離，並整齊地吊著四個白色的燈籠。日本人平日拘謹嚴肅，節日裡卻十分輕鬆開懷。在新年和賞櫻季節時，男人們難免醉醺醺，而在「祇園祭」時，他們卻意外地保持了清醒。大概是天氣太熱，不作興飲酒的吧。騎樓下只見販賣一瓶瓶浸在冰塊裡的汽水和可口可樂。

人越來越多。據說「祇園祭」不僅振奮全京都的人，同時也吸引來自日本全國其他各地的人，有人專為此從大阪、東京等地趕來。事後得知，這一晚湧入「山鉾町」的人竟達三十五萬，真正是來「湊熱鬧」了！夜晚應有的涼意已被眾人身上發散的熱氣沖走，我們感到鬱悶而舉步維艱，於是避開最喧囂的四條通，溜進側巷裡。京都在平安朝建都之初即仿唐代長安城營建，街道分布縱橫整齊，一若棋盤，「宵山」的精粹——「山」與「鉾」，如棋子般散置在那縱橫似棋盤的小街上。「山」與「鉾」共有二十九部，如果要全部仔細觀看，是既費時間，又費精力的。我們乃決定隨興之所至，與精力許可範圍內，從容地觀賞。

京都是一個新舊互容的奇妙都市，從高樓矗立，街道寬敞的四條通一折進側巷裡，低矮的木屋與不平的石板路，馬上給人純東洋風格的古典趣味。街巷狹窄，兩邊住家的人搬出竹椅納涼，隔著巷子話家常。浴後的孩童們在門口點煙火玩，他們的耳後頸間都撲著白白的痱子粉。我忽然間對這些有一種熟悉的感覺。這不是常可以在臺北延平北路一帶弄堂裡看到的夏夜景象嗎？

我跟著平岡教授夫婦與秋道太太身後，迷迷糊糊地左轉右拐，來到了「山鉾町」的中心區室町通。這一條街除少數住家外，絕大多數是做布類批發買賣的。保守的京都人往往世代守著一行職業，儘管其間多的是殷商富翁，店鋪卻都是古老陳舊的。那氣氛也像極了我以前走過的臺北迪化街。在「祇園祭」期間，家家戶戶門前都懸掛著大型紙燈籠。有些人家敞開大門，在客室裡鋪著地毯，展列屏風，供遊人自由參觀。據平岡教授講，從前這條批發街上幾乎家家戶戶都有屏風展覽，所以「宵山」一名「屏風祭」，夜遊的人不僅看「山」與「鉾」，同時兼賞屏風，可以大飽眼福；近來因為生活繁忙，許多人家怕麻煩，所以簡略省事了。但是仍有一戶商家，敞通了四間屋子，地上鋪著綠一色的大地毯，由裡至外展覽著二十餘面大屏風，有金底繪綠竹者，有素面繪江戶時代庶民風俗者，也有上書唐詩和歌者，不一而足，蔚為壯觀。又有一些人家，除展列屏風外，更搬出字畫古董等家寶，供人欣賞，藉此，主人得到炫耀的機會，而遊人則可以麕集門口，品評議論一番。日本人每好「眾樂」，故有許多私人庭園開放收門票，而京都「祇園祭」的「屏風祭」，供人觀賞卻不收門票，更表現了「不獨樂」的精神。

所謂「山」與「鉾」，除輿車與長矛而外，每一部有一專有名稱，代表著一個主題。這些主題多取材於古代宗教逸話，在二十九部的「山鉾」中，且有八部取材於我國的歷史典故，計有「伯牙山」（取材於伯牙痛失知音，為鍾子期絕弦之故事）、「孟宗山」（取材於二十四孝之一的孟宗為病母求筍，孝感動天，雪地出筍的故事）、「白樂天山」（取材於樂天問道於道林禪師的故事）、「函谷鉾」（取材於孟嘗君夜半令家臣仿雞鳴以過函谷關的故事)、「菊水鉾」(取材於傳說中河南南陽上流開大菊，露汁滴於河，飲者可長壽)、「郭巨山」(取材於二十四孝另一人物郭巨，欲埋子事母而得金釜的故事)、「雞鉾」(取材於堯之時，天下泰平，民無爭訟，報事之鼓生苔且棲雞的故事)、「鯉山」(取材於鯉魚登龍門之傳說)。

在室町通一條街上展出的「山」與「鉾」最多，而七部之中，「白樂天山」、「菊水鉾」、「雞鉾」與「鯉山」便是上述取材於我國歷史典故的。我對這條街的展覽自然特別有興趣，而事實上，這條街也是當晚人口最稠密的地方。「白樂天山」安置在七部山鉾中的最南端，附近圍著許多人，我們擠了一身汗才走到前面。輿車與車上的擺飾分開放著；輿車停靠街邊，人像(即車上供奉之假人)與圍幔等則借一民屋供置。車身由四方木材橫豎搭架而成，下有約一人高的雙木輪。這種輿車平日拆散安置，每年七月十日，開始由「山鉾町」各區發動有經驗的壯男，搭構組織。整個車身依照千餘年前的傳統，不許用一根鐵釘，只在木材與木材交接之處，用粗繩綑綁。我特別注意看了一下綁繩子的部分，那真是不可思議的力與美的組合！一部高達十米(若加上鉾高則有二十餘米）的輿車，竟能單靠繩索之力支持重量，保持平衡，而每一根繩索的排列又是那麼井然有序，那縱橫的圖案組合，簡直可以稱做藝術品了。

在離輿車不遠處，暫借一民家，敞開一房，供車上種種飾物展覽。這輛「山」是「白樂天山」，所以主題為白居易。那與人大小相若的白居易人像穿戴著全副唐代衣冠，手持白笏，表情從容肅穆。在二十九部山與鉾之中，他能與其他二位日本古代文人菅原道真❻、大伴黑主❼鼎足代表文學部門，足見日本人崇敬白居易的一斑了。在白居易人像之旁，站立著袈裟裝的道林禪師人像。白居易受古今日人愛戴之原因，除了他的詩淺白易讀之外，其人一生中事佛精懇，也是不可忽略的一個因素。四周牆上懸著紅底五彩織錦的圍帳，其中一張巨大的手織北平萬壽山圖錦帳十分耀目引人。這些燦爛的帳飾都是在遊行時遮飾木造輿車用的。鋪著紅毯的地上擺滿酒和乾糧，則是

---

❻菅原道真（西元八四五～九〇三年），平安時代文學家。撰有《菅家文章》、《三代實錄》、《類聚國史》等。後世稱天滿天神。

❼大伴黑主，平安時代和歌作家。《後撰集》及《拾遺集》多收其作品。後世稱黑主明神。

附近住民和遊客所捐獻。「賽錢箱」中並不時有人丟進百円、十円不等的硬角子。燭光、香火和膜拜的男女，又使「宵山祭」增添了幾許宗教的氣氛。

關於「菊水鉾」的主題有兩種說法：一說如前述，南陽附近河水，得菊露之靈，飲者可長壽；一說為菊茲童飲菊露，七百歲猶保童顏。這個輿車上除供奉菊茲童人像外，四周並滿綴菊花，以象徵菊露助長壽的傳說。「鉾」與「山」之不同處，除了「鉾」在輿車頂上有十餘米的長矛外，其車箱本身也較「山」為高，「山」是人抬的，「鉾」則於車前有二粗繩，而由壯男拖拉。由於「鉾」的車身很高，在「宵山祭」這個預展夜，車箱都停靠在街邊，從民家二樓架梯，供部分遊客參觀。據說，從前視婦女為汙穢，這個祭神的神聖地方是不准女子登入的。直到最近，禁令才解除。然而我所看見的，出入「鉾」者仍以男人居絕大多數。平岡教授說：那是因為輿車全以繩索細綁而成，婦女們畏懼危險，不敢輕易高登之故。但是，我想：也許是日本婦女本身受傳統的自卑感束縛，一時尚無法與她們的男子分庭抗禮的緣故吧。這種現象於其日常生活的細節中隱約可以感到，而於這種迷信的地方竟放大顯現出來了。

「鉾」的車箱中除供奉代表主題之人像與其他飾物外，兩側並有由笛子、大鼓與銅鈴組成的一種特殊樂隊，稱為「祇園囃子」。在十六日夜的「宵山祭」裡，這些穿著一式「浴衣」的樂隊，即開始吹笛子、敲鼓、打鈴演奏。當那單調而重複的樂聲流入京都的夜空時，孩童們會歡天喜地的跟著哼同樣的調子，年老的人則會仰著星月感慨：「又是一個夏天了！」對於京都人來說，「祇園囃子」是親切而羅曼蒂克的，多少歲月在那笛鼓鈴聲中溜走，幾許往事的記憶正夾雜在那熟悉的調子裡！這一切，外地的遊客或者不容易瞭解，但是，從浮現於燭光燈影中的一張張臉孔裡，你可以看到，可以體會到他們的心情。

「山」與「鉾」以一個個不同的主題，不同的擺飾吸引夜遊的人們。就這樣，我們追尋著一座又一座，在熙來攘往的大街小巷裡轉著。「宵山祭」不僅是輿車的展覽，同時也是一次大規模的夜市。街上大的百貨商店都閉門休業，騎樓下、小巷裡卻處處有攤販；賣冰水的，賣包穀的，賣玩具糖果的，五花八門，完全是庶民風光，而最應時的，該算是叫賣粽子的了。日本人在陽曆的五月五日，也仿我國端午習俗，家家戶戶吃甜糯米粽子；「祇園祭」的粽子卻只是象徵性而不可吃食。這晚賣的粽子尖而長，每十個紮成一把，分兩種：一種叫「結緣粽子」，據說青年男女相思，買一把回去祭供，可以如願，多數由中年婦女叫賣，她們流利地說著許多吉祥的話；另一種叫做「除疫粽子」，可以保祐一年安康，這種粽子常由三數男女幼童叫賣，他們都穿著漿洗乾淨的「浴衣」，頸間撲著痱子粉，眾口同聲地用京都腔背誦兒歌般的詞句，模樣兒十分乖巧，頗引人駐足。

走到一所高樓前，那石級上坐滿了人。有的脫去了木屐，有的吃著點心，三三兩兩正休息養神。有些年輕男子索性翹足平躺在那兒。的確，不知不覺地走了將近兩小時，我們每個人也都累了。看到這些坐著、躺著的人們，原先被興奮所隱藏著的疲勞感突然湧出。我覺得口渴難忍，步伐難移。於是我們進入附近一家冰店。當肌膚觸及冷氣，紅豆刨冰通過喉嚨時，幾乎有如飲甘泉的感受。

走出冰店後，覺得身心都涼爽輕鬆多了。街上仍然遊人如梭，我夾在平岡太太和秋道太太中間走，三個人手挽著手，平岡先生則走在我們前頭。我們隨便漫步，看著熱鬧。不知什麼時候，有一個工人模樣的男人迎面走來，直衝到我面前，他把手裡拿著的紙扇舉到我面前。我被這突然出現的人和突如其來的事楞住了。平岡先生似乎也吃了一驚，做了一個要保護我的動作。但是那個人好像並沒有什麼惡意的樣子，也不說話，只是望著我的臉，像獻花一般地舉著扇子。我只有接受了它。他看到我拿了扇後，也沒說什麼，笑嘻嘻地走開。我們四個人都放心了。那把扇子只是一把普通的紙扇，一面印著兩條魚，另一面有可口可樂的廣告，邊上都有些破損起毛了。我因為自己手中原已有一把紙扇子，所以走了一段路後，就找個牆角把它丟了。平岡先生事後取笑我說：「你真是個沒有感覺的人，不懂人情，不能領略節日的氣氛，還讀什麼文學呀！」

「宵山祭」照例要到深夜才結束，但是由於翌晨還要早起看遊行，所以我提議早回去。街上受交通管制影響，沒有電車，也沒有公共汽車，而計程車也要走過好幾條大街才能找到。我們踏著月光漫步，漸漸地把「祇園囃子」的笛鼓聲拋在身後了。

十七日早上，意外地雨後小晴，空氣卻相當燠熱。我和李小姐在遊行儀式開始的地段找了個靠馬路的好位子。這一天上午，遊行路線上的辦公處大半休假，商店也緊閉大門，只開著邊門讓自己人進入樓上觀看熱鬧。靠街的餐館更趁機會高價出售「祇園祭午餐」，做為特別參觀席。不到九點，四條通街上兩邊騎樓下已黑壓壓站滿了人，寬敞的街心則沒有行人車輛，只有警察在維持秩序。在我們站著的右方不到五十米處，高空上橫街張著一條粗繩索，上面每隔一段距離綴著代表日本神道的白色剪紙條。在繩索彼端的屋頂上，插著一根長竹竿，上面綴著樹葉和一些白紙條。在初民社會裡，相信山中大樹是溝通人與神祇間的媒介，神由大樹下降人間；人的禱告則由大樹而上聞於天。這些樹葉便是象徵著山中大樹的。

不久，從四條通的西方傳來「祇園囃子」的聲音，「祇園祭」正式開始了。為了滿足觀眾的期待，輿車的進行十分緩慢。首先出現的是「長刀鉾」。每年七月二日，京都市長要在市政廳抽籤決定「山」與「鉾」遊行的先後次序，而只有這部「長刀鉾」是例外，總是負著率先領導的地位。由於其特殊的地位，這部輿車無論外形、無論裝飾都特別壯大華麗。遠遠地，長矛在日光下閃耀，隨地形高低與車身震動，頗有韻律地前移。這部「長刀鉾」的前端中央坐著一個臉上敷粉，身著古代衣裳的十來歲左右的男童，叫做「稚兒」，他是這天的主要角色，每年從眾多候選男童中，選出家世好而聰明伶俐者。由於這個祭祀是專由男性支配，而禁止女性參與，所以「稚兒」一經選出，即須離開自己的家庭，過所謂沐浴齋戒的生活。起居一切悉避免假手於女子，直到「祇園祭」終了，始得返家團聚。對於一個十來歲的孩童而言，離開家人，尤其久別母親是相當不好受的事情，但傳統習俗如此，而京都人皆視此為無上榮耀，所以多慫恿適齡男童競選。「長刀鉾」前端的兩條粗繩索各由十來名壯男拉著，高大的車箱裡坐著十幾個奏樂的囃子，車箱前並站著兩名中年男子，隨著樂聲舞扇，看來熱鬧而古雅。輿車來到張著繩索的地方，須用約一尺見方的梶堵住車輪，始能停止。等到車身停妥後，穿著古典服飾的神主❽便向四方撒鹽，表示潔敬，然後朗誦祈禱文詞。祈禱之後，便進入儀式的最高潮：由於車身極高，張在二樓部位的繩索卻在「稚兒」坐位的下方，因此先由左右二人以鐵鉤子將繩子拉上，用一長方形素白木板托著，上置潔白之紙。

❽主持日本神道神社者叫做神主，其地位有如耶穌教之牧師。

這時「稚兒」徐徐起身，拔出腰間佩帶的長劍，在身後站著的大人幫助下，從容地左右揮舞三度，最後高舉過頭，疾速落劍，繩索立即斷絕，鬆弛下落。觀眾們本來都屏息閉氣，緊張地注視著，頃刻間也如釋重荷般鬆了一口氣，報以熱烈的掌聲。

這個斷索的表演有若現代的剪綵典禮，接著便是輿車遊行的開始。搬開了輪下的棍，兩邊拉車的壯男在車箱前端兩個人的扇舞指揮下，同心協力將十幾噸重的「長刀鉾」拉動了。這種雙輪木車沒有方向盤，沒有煞車的設備，全靠人力進止，唯一控制動向的辦法，乃是靠人用一根長木棍在車輪底下挪動軌跡。為著減少摩擦生熱，並得時時在木輪上潑以冷水。當其轉彎之時，則更費事了。車身必須先停止，取出預先放置在車箱底部的十餘根細長竹桿，將其平鋪地上，並多潑冷水，與兩個車輪成四十五度的角度。原先在車身前端拉繩索的人，這時要改立在車箱側面，爾後在「祇園囃子」的調子與舞扇者的指揮下，依著韻律使勁拉。拉車的壯丁除少數農夫外，多係賺外快的大學生，看他們拉得滿身大汗，這錢實在不好賺。一次又一次的拖、拉，巨大的車輪終於滑越過竹桿而斜移，最後，車身成功地轉一個九十度的大彎。這艱苦的工作，是「山鉾遊行」的另一高潮，有些人為了看這轉彎表演，故意在遊行路程的轉角處苦候。再者，由於「鉾」在車箱上插著高達十米餘的長矛，所以一輛「鉾」的全部高度總在二十米以上。當這高大的輿車通過街道時，張在半空裡的電線，往往阻礙其進行，所以遊行之前，電力公司預先派人剪斷此障礙物，輿車過後，又緊隨著派人修接。看著工作人員冒高暑爬在電線桿上揮汗搶修，你不得不佩服京都人的保守精神。他們自有一套兼容古典文化與現代文明的辦法啊！

「山」的構造沒有「鉾」般的複雜，車身既無「鉾」高，車箱的移動也不必靠人拉。從前，這種輿車本是像轎子一樣，由許多人扛在肩頭上走的；近年來則改於木輪下再裝置許多小車輪，所以實際上不必出力扛，只需緊靠車箱，手扶木架推動即可。在外形方面，「山」略遜於「鉾」，故而每每於裝飾方面刻意求勝。幾個比較華麗的輿車，往往是「山」而不是「鉾」。由於「山」不像「鉾」那樣輿車上乘載奏樂的囃子以及舞扇的人，故其空間可以儘量利用，以安置人像及布景。如「白樂天山」上，除有白居易像及道林禪師像而外，又有紅色巨型油紙傘及松樹等背景，車箱四周也掛滿燦爛的飾物，除北平萬壽山織錦圖掛在車箱後身外，前面更懸掛著波斯刺繡的希臘「木馬屠城」故事圖壁氈。相傳這是江戶時代，經由南蠻貿易公司而輸入日本的西洋品物之一。像這種西洋式的織錦壁氈，在遊行的輿車隊裡頗有幾條，除「白樂天山」外，如「長刀鉾」、「孟宗山」、「霰天神山」、「蘆刈山」、「雞鉾」、「油天神山」等輿車也都懸掛著荷蘭、波斯，乃至天竺各地的古品，使得這個純日本式的祭典遊行中，除了加入我國的古代傳說人物外，更平添一些西方文明的色彩。這種東西方文明的交融，當然不可能在「祇園祭」開始的初期就有，它是隨著時間的推移，歷史的進展，交通的發達，自然地從西方流入日本，終而被他們所接受。正如同我們今天可以在其他許多方面看到的現象一樣，日本乃是極易接受、攝取和醇化他國文化的一個國家。

「山」與「鉾」按著抽籤的次序，一輛跟著一輛，從觀眾面前經過。每一輛輿車的前後都有許多追隨、保駕的人，而每一隊人員所穿的衣裳各不相同，所奏的樂調也帶著若干的區別，於是，各逞其能，爭奇鬥異，往往有意一新耳目。觀眾們也就為了滿足好奇，冒著灼熱的炎陽，站在街邊耐性地等待。

每當一輛輿車經過的時候，車上的人往往會向觀眾拋下一綑綑的粽子，那上面有紅白紙條，寫著「蘇民將來子孫」。「蘇民將來」本是除疫保康之神，相傳將這種粽子供在家裡，可以保祐一家大小四季安康。雖然「宵山祭」時，很多人已經買過，這時仍有許多男女老幼爭相湧向車前去撿，也有不少西洋人擠在裡面搶，使節日遊行的氣氛更加濃厚，更加熱鬧。

二十九部「山」與「鉾」在七月的驕陽下緩緩遊行，祇園囃子的笛鼓鈴聲響徹萬里晴空。全部遊行費去了整整一個上午。京都市的鬧區為此電源斷絕、交通癱瘓、辦公室休假，而人們卻揮扇拭汗，浸淫在這古都盛夏的大祭典雰圍氣裡。

想窺看京都的古雅嗎？想瞭解京都人的驕傲嗎？多采的「祇園祭」也許可以告訴你一大部分！

祇園祭當天作者著「浴衣」留影

祇園祭前夜展

京都的古書鋪

在日本，一提起古書鋪，任何人都會立刻想到東京神田區的神保町，的確，那一帶以古書鋪聞名的歷史已久，店鋪集中，書籍豐多，是讀書人精神散步的好去處。京都的古書鋪雖然不像神保町那樣聲勢浩大，卻也同樣令人神往。神保町的特色在：櫛比林立，無非書鋪，大街小巷，到處可觀；而京都的古書鋪卻是分散的。不過，於分散之中，卻又呈現著集中：如今出川通、寺町通、丸太町和河原町一帶，都是古書鋪集中的主要街道。

逛書鋪，常常是精神愉快，而身體勞累的，因為當你找書的時候，必須精神集中，既要東張西望，又得上下觀看；一卷在手之後，則往往被那文字所吸引，而忘了時間的過去。尤其如果挨家串門，站著看書，雙足最是辛苦。在神保町，由於那一區的書鋪集中，往往會使你欲罷不得，不知不覺地一家家看下去；京都的古書鋪卻由於分散的關係，你可以很自然地有休息的機會，調劑疲勞。最好是隨興所至，抱著無所為而為的心理去漫遊書街，那麼，你可能會無意間在一家小店的塵堆裡發現一本好書；或者，你也可以有計劃地分若干天，遍訪大小書坊，你可以從容仔細地看書比價。

有學生的地方就有舊書店。像東京大學被許多書鋪文具店圍繞著一般，京都大學北面的今出川通，從百萬遍到北白川通的一段，賣舊教科書，參考書和其他古書的店鋪不下十餘家。日本的書是相當貴的，尤其讀外國文學和理工科的學生所用的原文課本，價錢往往在千円以上（即臺幣百元以上），因此，許多學生在開學之前喜歡去逛舊書鋪，找高年級學生用過的書，而一些儉省的學生也常是刻意保持書本的乾淨，以便將來用過賣給書鋪的時候可以有較高的代價。如果你到京大附近的舊書鋪去，往往可以看到書店老闆娘坐在櫃臺後，一心一意用橡皮擦子擦淨舊書上的注字和劃線。不過，有時候，一個好學生用過的書，他所留下的注解或評語對看書的人是很有益處的；當然，也有一些學生於上課無聊之餘，在書本上亂塗，甚至寫些罵教授的話，或看了令人發噱的笑話。這一帶的書籍，多將書籍分門別類整理排列出來，譬如文科的、法政科的、理工科的等等，都有醒目的標條，因此學生們極易在書架上找到自己所需要的書籍。一本舊的教科書，其價錢通常比新書便宜三折，學生可用買教科書省下的錢，再買一些參考書，而且，一本有價值的書讀過後繼續能被另外一個人再讀，也總比排在書架上無人看，或棄置當廢紙好得多。這樣看來，舊書鋪無論對人或對書而言，都是極有意義的。除了教科書、參考書而外，京大附近的舊書鋪裡也常可以看到很多過期的學術性刊物，多數是各大學團體出版的，其中不乏名教授的論文。如果你肯花一些時間，仔細去翻閱那些堆積在書架底下的舊刊物，極可能找到幾篇尚未成單行本問世的有價值的論文呢。

在今出川通靠近加茂大橋處，有一家「臨川書店」，這一家舊書店以好書多和價錢高聞名，往往有已絕版的書，因此對一個急需的人，或有購書癖的人來說，明知其貴，也不能不傾囊了。據說這書店的老闆極有眼光，也極有生意腦筋，一本絕版的好書在他手裡，一夜之間可能提高好幾倍的價錢。舊書鋪裡的書絕不全賤售便宜貨，一本舊書的價格比新出版時貴上三數倍，乃是極普通的事情，因為畢竟書的價值並不在於其紙張的新舊，和裝訂的好壞啊。「臨川書店」的書籍向以外間稀少著稱，有時他們甚至號稱「僅此一家有」，但是，如果一本老闆認為「別家所無」的好書突被發現，他會毫不遲疑地派人高價收購下來，以維持「物以稀為貴」的原則，和書店的「信譽」。這一點，往往使讀書人恨得咬牙切齒，但是卻奈何他不得，因為他們的腳步永遠比你快一步！

與今出川通互映成趣的舊書店街是丸太町，這一條街顯得比較破舊，房子也多半古老黯淡。兩邊大小店鋪加起來總在二十家以上。如果挨家挨戶去逛，是相當累人的，不過，其間不乏好書店，也有一些書店是頗具特色的。譬如，有一家舊書鋪店面極小，除了賣一些普通西洋舊書和日本舊書外，有一角落專出售有關書道的書籍。凡書道入門指導，書道歷史，各種書帖，乃至名人筆跡等，十分齊全，為別家書鋪所罕有。又有一家設有專欄，標條上寫著：「宗教心理學」，而書架上密密地排列著帶有神祕色彩的書籍，諸如：靈魂學，日本神道學，催眠術，以及許許多多占卜星象類的書本。外表看來，那些店鋪都一樣地窄小陳舊，但是仔細觀察下來，你可以發現它們之間是各有差別，頗具個性的，而這也是書鋪這樣多，卻各自能生存的道理，因為它們各自有不同種類的顧客。到這一帶來看書和買書的，身分比較複雜，有學生，有教員，也有一般社會人士，以及對某種專門學問和書籍有特殊愛好的人。不過，問津者雖不乏其人，多數只是站著看書的客人，真正買書的並不多。店鋪老闆對這個情形早已習慣，常是穩坐櫃臺後面，有時逕自看他的報紙，甚至於打他瞌睡去，直到客人拿了書來問價錢，才懶洋洋起身應付。

講到有特色的舊書鋪，在河原町丸太町電車站附近的「金原出版社」也是值得一提的。這是一家專門出售醫學方面舊書籍的店。一走入店內，便可以看到那書架上寫明的內科、外科、小兒科、婦產科、皮膚科等等標籤，使你誤以為進入了一家醫院，所不同者，他們是兼收近代西方醫學與漢醫草藥科針灸類的。因為這一家書店除醫學舊書外，絕不賣別種書籍，所以是一個「窄門」，只有醫學院的學生、教授和醫生、護士才來光顧，至於外行者，第一次闖錯門，下次便不會再「自討沒趣」了。另外，在河原町二條的「文華堂」，初上門的人不易發覺它有何特點，因為這家店面較寬敞，前面部分出售的書籍都是一些普通日文及西文的書籍。可是，如果你順著書架走到裡面去，便會發現那兒排列的都是一部部巨大的書，並且都是有關考古，古代美術及工藝建築一類的專門書籍。尤其引人注意的是，有不少關於日本古寺院、殿堂、佛像等歷史遺蹟之修建，補塑的工程經過和報告資料等。日本人十分重視他們的史蹟，視做國寶，重要文化財產，而刻意保存，時加修護，也特別保留修護的紀錄。這家舊書鋪的主人別具眼光，專做這冷門生意，但是，如果有人對日本寺院佛像有特別的興趣，或想要寫這方面的專文、論文，「文華堂」是頗值得走訪的。像別的古書店一樣，這兒也附帶出售一些有關歷史、考古學方面的過期刊物。這「文華堂」也是以書價昂貴出名。

在京都，研讀漢學的人都知道有一家「彙文堂」。這一家以專售中文書籍和有關漢學研究書刊出名的舊書店坐落於御所（日本故宮）南側，寺町通與丸太町口。彙文堂已有多年的歷史，但是，如果你慕名而去，起初對那「其貌不揚」的外觀會感到失望。那是一座二層的京都式木房，與它的左鄰右舍一樣陳舊而黯淡。那兩間店面大的門口，右面的玻璃門永遠緊閉，垂著白布，只留左邊的門半開著，供人出入。由於房屋低矮，光線不充足，加以書籍堆滿整間房子，所以找書不太容易。京都的古書店有兩種作風：一種對書籍整理十分注意，分門別類頗為清楚，書架上保持秩序井然；另一種則不經心安排，書籍隨便地排在書架上、攤在桌子上，甚至於堆在地上，彙文堂的作風即屬於後者。但是這家書店的書籍倒是豐多而可觀，所以平日前往光顧者頗不少。當你聚精會神看書，或找書的時候，往往難免會在狹窄的空間裡，與背後的人相碰，或不小心被人踩一腳。在書堆後面的櫃臺裡，常常坐著一個中等身材的青年人，他便是現任的彙文堂老闆。不過，這個書鋪並不是他創設的，他是數年以前去世的前老闆大島五郎先生的女婿，因為大島老先生沒有兒子，所以就以入贅的女婿來繼承這份產業。又據說，彙文堂的創辦人還是大島五郎先生的哥哥，他當初開設這個賣漢籍書的鋪子時，自己對漢文及漢文研究並不十分熟悉，但是卻肯認真地請教各方學者，於是不斷的學習和累積的經驗，使他變成了一個行家，而彙文堂在京都以及關西一帶學界，也就有了相當的名氣了。大島老先生在他的哥哥去世後，接辦了書鋪，能以誠懇的態度作生意，所以彙文堂一直為學者教授們所愛顧，在大島五郎先生六十歲生日的時候，京都的學者們曾經聯合為他舉行過壽宴，這個例子是絕無僅有的，由此，也可以想像他是如何得人心了。難怪大島太太至今對她先夫懷念不已，逢人便追述大島先生過去種種故事。不過，也許是因為太思念逝去的大島先生吧，使她對年輕女婿的經營方式常感不滿。本來家家有本難念之經，而這位乾瘦的老太太卻每愛向她的顧客們傾訴滿懷牢騷。許多人對她那綿綿的京都腔牢騷都視為畏途。至於年輕的現任老闆呢？也自有他的一肚子苦衷，他是一個頗有雄心的人，很有意重新整頓彙文堂的店面，使之回復昔日盛況，但是大島太太卻處處與他持不同的意見，最使他頭痛的問題是：大島太太那種帶著羅曼蒂克傷感的態度，寧可將她先夫所遺留的一些珍貴的善本書束之高閣，時時獨自賞玩，藉以追思亡人，而不捨得把它們整理出來，賣給讀書人。

從「彙文堂」順著寺町通南走，經過一些古董古玩店，如專賣鎌倉、明治時代字畫的「藝林莊」，和以專出售書道舊字帖及書畫論一類舊書籍聞名的「文苑堂」，在左側可以看見「文榮堂」，右側稍遠處則有「其中堂」，這兩家書店都是專售佛教典籍的。「文榮堂」是京都著名的佛教大學「大谷大學」的附屬書店，除了一般佛典外，主要在供應大谷大學、花園大學等佛教學校以及其他各大學裡哲學系、佛學系學生的教科書。日本的佛學研究甚盛，近年來更開直接研讀原典的風氣，故而梵文、巴利文、藏文等字典辭典遂成為學者們所必備，而此類工具書的價格往往十分昂貴。「其中堂」的規模較「文榮堂」為大，除了店鋪的前半部分出售各類新舊佛典，以及有關佛學研究的書籍外，以中間部位的櫃臺為界，後半部所藏皆為線裝善本書，極為珍貴。店主是一位五十開外清癯的中年人，風度儒雅，經常坐在櫃臺裡。在他經營之下，這個書店保持著十分古典的風格，如果你稍加注意，可以發現店前大門常貼著紅色對聯，有時寫著「一人克己」、「長幼有序」等勉人勵己的話。「其中堂」附近的「竹包樓」是一家歷史頗久的古書鋪，外表看來黯淡而平凡，然而無論其店面店裡都保留著江戶時代古色古香的風格，這樣的古書鋪在京都可謂絕無僅有，而在東京卻已找不到了。

從河原町二條向南走，經過三條，到四條，越走越繁華，此條南北行的街道本是京都的商業主要區，許多商店和飲食店都集中在此，但是每隔若干店面，就夾有一兩家書店，有出售新書的，也有賣舊書的。賣新書的，如著名的「駸駸堂」、「丸善」和「京都書房」都在三條與四條之間，而賣舊書的則以「京阪書房」和「赤尾照文堂」最有名。「京阪書房」和「赤尾照文堂」是買日本文學書類及日文學術刊物者必需一顧的地方。這兩家店鋪因為地點在繁華區，所以都比較體面，與丸太町或今出川通諸書鋪的寒酸相或名士派大不相同。「赤尾照文堂」店內更有冷氣裝備，可算是古書鋪中最豪華的了。這兩家店各在河原町三條的東西兩側，所出售的書籍既相若，價格也同樣昂貴。它們的書都整理有序，分門別類，極便於購書者尋找。內中不乏巨著，如《大日本史》等成套的精裝書籍，或某些作家的全集等，都用繩子綑好，堆積如山。這些書的價格與原價相仿，有些絕版的書，則往往超出原價好幾倍。如果你是一個生客，他們所要求的書價是毫無商量餘地的；但如果你是一個老京都人，或是有名的學人，那麼他們經常是和顏悅色的，而且價格也比較公道得多；有時候，甚至一個外國人，如果持有知名學者的介紹信或名片，也可以得到一折至二折的優待。金子彥二郎著《平安朝文學與白氏文集》一書本來開價六千五百日幣，一張平岡教授的名片，卻使我以六千円整得到了它。像這些地方，倒顯出京都的人情味呢。

幾乎規模較大的古書鋪每隔一段時間都會印出書籍名單和價格，分送給各學校或經常買書的人士。這樣可以讓你省去親勞往返和費神尋找。你只需按著他們編排整齊的目錄看下去，圈出自己想要的書，再去購買便可。有時候如果你是一個老主顧，只要撥一撥電話，告訴書店那些想買的書名，他們便會派人送到府上來。不過，一部好書，往往書單一到，若不立刻去買，或預定下來，就有被別人捷足先登的可能。從書單價格上，可以發現古書鋪的老闆都是十分有眼光，也精於做生意的。有些稀有的專門性的書籍，他們所開出的價錢倒也十分大膽，譬如當今日本研究中日比較文學的學者小島憲之所著三本《上代日本文學與中國文學》就索價九萬五千日幣（合臺幣一萬元）之高！古書鋪的目錄除羅列書名及價錢外，往往也附有書籍折舊的說明，例如「缺封面」、「底頁脫落」等等，這樣可以使人在購買之前心裡有所準備，而不至於有被騙的感覺。彷彿每一家書店之間有所默契似的，它們所開出的同一本書的價格都相差不多，這情形甚至從東京到京都都是如此。東京神田區的古書鋪經常將它們的書目寄給京都的學者們，京都的書鋪想必也會把目錄寄給東京的學者們吧。

這些散布在京都各地的古書鋪平日各自經營，互不干涉，但是每年至少有二三次聯合展覽，藉以聯絡同行間感情，同時也可以收到擴大宣傳的效果。聯合書展通常租用百貨公司頂樓的一部分場地，由每個書鋪負責一個攤位，將店裡的書籍移來拍賣。

這種書展多數不會有許多珍貴的書籍，卻像廟會趕集的露店一樣，全憑購買者的眼光。如果你有耐性翻看，很可能會在一堆破書中發掘出稀奇古怪的東西來。我曾經在一次書展中看到一張十分完整的繪有穿粉紅色旗袍中國美女的「美麗牌香煙」廣告招貼。這種東西現在若想在臺灣找一張，恐怕還不是太容易的吧？我也看到一本民國初年的上海市地圖。此外，尚有默片時代好萊塢影星的放大相片、日本早期少女歌舞團演員的簽名照片集，以及一些日本的不太著名的作家所遺留下來的手稿等等。這些頗有年代的東西，其本身不一定有太大的價值，它們平日很可能埋沒在古書鋪的書架底下，絕少引人注意，也被書店老闆所遺忘，然而為著參加聯合書展，出清存貨，於是都被整理了出來，彈去積塵，擺到展覽的攤子上，或掛到牆壁上來。這樣的場合裡，它們忽然發出了光芒，成為吸引人的珍物。對於識貨者，或有搜集癖好的人而言，確是很難得的機會哩。由於展覽的場地選擇在百貨公司裡，故參觀者有看到廣告而專門趕去的，也有於購物之餘順便去逛逛的，因而場內往往十分擁擠，賣書率也出奇的高。

以上，就記憶所及，拉雜地寫了一些有關京都古書鋪的種種。在日本，京都的古書鋪，其名氣未若東京的大，然而對我個人而言，東京神保町一帶的書街，只逛過三四回，而且每回都比較匆忙，難免有走馬看花之憾，總不及一年來時常流連的京都古書鋪熟悉；再者，對於京都，我有一份深深的懷念，對她的一切都有感情，我之偏愛京都書鋪，這也是人之常情吧。

專售中國圖書的彙文堂書莊

吃在京都

在我構想這個題目的時候，立刻想到，如果是一個日本人，或一個在日本住過一段時間的外國人，必定會指責我錯了。因為在日本，有一句很普通的諺語：「吃倒在大阪，穿倒在京都。」以吃著稱的是大阪人，為了滿足口腹，大阪的人不惜慷慨傾囊，吃倒了家產；京都人的嗜好是在衣著，尤其是京都的婦女，她們寧願傾家蕩產去買一襲華麗的和服，或粗飯蔬食地節省，以換取一條西陣織錦帶❶。所以如果說：「吃在京都」，不要說大阪的人會嗤之以鼻，連東京的人都會不屑傾耳的。不過，儘管京都人把生活的重點放在衣著上，他們也自有他們自己的一套食經，而有些當地的老饕，更以為想吃細膩精緻的菜肴，非京都莫屬。

我是一個充滿了好奇心的外國人，而且，對京都我幾乎是一見傾心的，我愛她那四季多變化的自然環境，我愛她那古趣盎然的庭園寺院，我愛她那閒適自在的生活情調，而如果不去嘗試京都的食物，怎能更深入地瞭解京都人的生活全面呢？可惜我在

❶日本和服腰部繫寬帶，而女性著和服時最講究其帶。京都西陣一區自古為織錦產地，其品質最高貴。

京都的時間有限，而又只是一個窮書生，所以只能在有限度的條件之下，去窺探京都人的食生活，否則恐怕真會「吃倒在京都」，而貽笑大方了。

日本人以含蓄為美德，一切講究收斂，不喜宣揚，而這個現象在保有千餘年歷史文化的古都更為顯著。就以料理亭❷為例子吧，你想吃一頓真正京都風味的食物，往往不是在鬧區的三條或四條❸即可以找到的。一個精於此道的京都人會帶你到某一條小弄堂裡的平房前面，告訴你在那兒你可以享受一餐美食。那個料理亭可能與附近的民家沒有什麼分別，木造的日式房屋，窄小的門面，拉開細格子的木門，可能還垂著一幅藍色蠟染的布幔，所不同者，無論你什麼時候進去，他們的店前總是掃除潔淨，在那石板地面上潑灑著水的。日本料理亭前喜歡潑水的緣故，一方面是因為可以保持灰土不揚，乾淨涼快，另一方面則因為「潑水」這個詞的發音在日語裡近似「招迎」，

❷日式餐館稱為料理亭。

❸平安時代京都街道仿長安，縱橫如棋盤，東西行者，自北而南共九條，三條與四條位在京都市中心，為該市最繁華之區。

可以解釋做「以廣招徠」，生意人藉此討個生意興隆的吉利。只要一聽見拉木門的聲音，店裡就會有兩三個穿著和服，臉上堆滿笑容的中年婦人碎步出迎，她們會操著濃重的京都口音說歡迎客人的話，並且迅速地接過客人手上提的東西，引導入內裡。平常一個較高等的料理亭，往往要走一段石板廊子，才能到餐室。這時你會驚訝於裡面的氣氛是如何與外頭所看到的門面不同了。京都自千餘年前平安時代以來，直到明治時代，為日本的都城，歷史與古跡是它的光榮與特色，因此京都的人都刻意保留古物，他們寧願時時翻修木屋紙門，卻不願讓鋼筋水泥的大廈替代那些低矮陰暗的老房子。先前你所看見的京都式細格木門也許有數十年的歷史了，因此那未施漆的木料已發黑。但是跨過門檻，低頭從布幔下鑽過，你會看到一條潔淨的石板路，石板與石板之間可能還有翠綠的苔痕，兩旁布置著精緻而古雅的石庭或假山石。眼前的景致予人的印象毋寧是賓至如歸，親切而溫暖的，使你不會有置身餐館的感覺。

日式料理亭的餐室都是榻榻米的，所以客人一律要脫鞋才能入內，至於房間有大有小，依宴客人數的多寡及排場大小而定。正式宴客的房間多有「床之間」❹，牆上常懸掛著書畫，案上供著鮮花，主賓被安排在面對「床之間」的方向，算是上位。客人坐定後，服務生會送來毛巾和熱茶。京都以產「清水燒」陶瓷器著名，一個好的料理亭所用的茶碗食具常比一般家庭考究，有些茶杯往往價值在千円以上（合臺幣百餘元）。所幸日式房屋席地而坐，茶杯不易打破，而當客人手捧精緻名貴的飲具時，心理常常有受尊重的感覺，所以也就特別自重自愛了。

京都的宴會和日本其他各地大致相同，只是更注重餐前的茶點。因為京都是茶道的發祥地，所以有些料理亭也會用抹茶❺佐以精美的甜點待客。日本人用餐方式與西方人相似，與我們中國人圍著中央的大盤，大家共享一菜不同，而是每人面前一個托盤，上面放置著酒杯、碗筷和碟盤。第一道菜是冷盤，有魚蝦，有蔬菜，卻絕無肉類。說來奇怪，中國的酒席若省去了雞鴨豬肉幾乎不能想像，而日本人正式宴客卻不能有肉食上桌，他們連平日三餐也極少吃鳥獸肉，魚和其他海產是他們的主菜，這可能與

---

❹「床之間」即壁龕之大者，多為供設飾物之用。

❺日式茶道以茶粉代替茶葉，稱做抹茶。詳見〈京都茶會記〉。

島國環境有關係吧。京都人的冷盤中最常見的是利用河魚做成的生魚片。因為該地離海較遠，海魚需賴附近濱海地區供應，但河魚則可以直接取自東北方的日本第一大湖琵琶湖。這些或切片，或切絲的新鮮生魚，不佐以綠色的芥末，卻另配有一種顏色較黃，味道酸中帶甜的稀醬。據說是因為河魚有較重的土味，所以需用酸味來遮蓋。許多初嘗日本菜的外國人都吃不慣這種「頗野蠻」的生魚片。尤其京都的新鮮河魚更不堪入口，但是如果你不能吃這種生魚，享受京都美食的樂趣將減去一大半了。河裡的生魚片較海魚爽脆，味道也往往更鮮美，配以酸甜稀醬，初嘗時可能稍覺異樣，不過，細嚼之後，那種特有的風味確屬不凡，你便不得不同意京都人的調配了。

冷盤之中，除用新鮮的魚蝦外，京都的人每好以時鮮蔬菜點綴其間。春夏之交，芋頭的新莖剛長出，摘下最嫩的一節，用沸水略燙，切成寸許長，放在精緻的淺色瓷碟中冷食，顏色碧綠，脆嫩可口。又有一種細長而略帶紫紅色的植物，梢頭卷曲，學名叫薇。也同樣以清水煮熟後，切段冷食。這種野菜在一流的料理亭裡，每人面前的碟中一小撮，以極講究的手藝擺列出來，予人以珍貴的感覺。想到伯夷叔齊義不食周粟，隱居首陽山內，采薇而食，終於餓死，其間的意境何其懸殊啊！日式筵席講究排場和氣氛，食物本身卻往往十分清淡，量也極少，京都的吃食，尤重精美。一道看似尋常的菜肴，可能花費三數番烹煮的工夫。而當其被小心放置在色彩調和的盤碟之中時，確實能收牡丹綠葉之效果。一般說來，京都的食物是頗重視覺享受的。對於講究實惠的中國人而言，有時難免覺得他們的視覺效果反居味覺效果之上了。有一回，我受日本朋友的正式招待，在冷盤之後，服務生端上來一湯一菜，都用十分講究的碗盛著，上面都有碗蓋。打開了湯碗的蓋子，裡面是七分滿的「味噌汁」❻，三數粒新鮮甘貝沉浮著，滋味相當鮮美。另一個較大的丹漆木碗非常豪華，碗蓋上鏤嵌著金絲花紋。我充滿好奇與期待，小心翼翼掀開了那扁平的蓋子。出乎意外地，在那直徑約三寸的朱紅色木碗內，只端端正正地擺著一寸見方的蛋捲，旁邊點綴著幾片香菜葉子，此外更無他物。朱紅的容器，黃色的蛋捲以及綠色的香菜，那顏色的配合倒是很雅致的，不過，我不能否認當時內心所感到的失望。越是大的料理亭，容器越大，也越精

---

❻「味噌汁」即日式豆漿湯。

緻，但是裡面的食物也相形之下顯得越「渺小」了。

京都的廚子布置菜肴往往遵循一定的規則，那嚴格的態度就如同花道老師教授插花一樣的一絲不苟。在圓山公園附近有一家「平野家」，專售芋頭燉風乾魚，據說已有三百年的歷史了。我個人覺得那芋頭與風乾魚的味道並不怎麼頂出色，可是對他們的清湯則至今懷念。打開紅漆的蓋子，一碗清可見底的湯，中央均衡地放置著一小方塊蛋餅、一片香菇、一段竹筍和一支松針，上面覆蓋著薄薄的一層豆腐衣。那碗清湯用木魚以溫火燉出，故味道清香鮮美無比。據說這碗湯的五色內容，其布置法三百年來未曾改變過。京都就是這麼一個地方，處處保留著他們的歷史傳統！

說到菜肴布置的手藝，另有一家料理亭的生墨魚片也是很值得一提的，他們總是將一片片白色的墨魚片捲曲擺列成一朵白色茶花的形狀，用黃色的魚卵做花蕊，翠綠的菜莖和三兩片洗淨的樹葉點綴襯托，擺在未施漆的檜木砧板上，構成一幅藝術的畫面，教人不忍下箸破壞那完美的形像。就因為京都的廚師特重菜肴的視覺之美，所以連日本人自己也管京都菜叫「用眼睛看的料理」了。

京都的烹飪除了特別重視其視覺美之外，更以味淡著稱。日本菜本來就比較清淡，而京都菜尤其味道淡薄。東京和大阪等外地的人常嘲笑京都的食物「淡而無味」，然而京都人卻另有一套說詞，他們以為調味濃膩會遮蓋了食物本身所具有的味道，烹調得淡，才能享受原味，他們更認為會欣賞淡味菜肴，才是真正懂得吃的人。普通一個家庭的廚房裡多備有兩種醬油，一種是淡色的（相當於我們的白醬油），做調味之用，另一種深色的，專供蘸食用。除了享受食物原味之外，淡色的醬油也可以使食物保持其原來的色澤，這一點也是他們所重視的烹飪之道。

將這種素淡的「食經」發揮到極致者便是京都有名的禪料理——「湯豆腐」。顧名思義，禪料理與佛教禪宗是有關聯的。京都市內及近郊大小的佛教寺院多不勝數，而在各宗派之中，禪宗寺院頗居多數。這些寺院多有供應禪料理（一名精進料理），禪宗和尚不食葷腥，全用素食，而其中以清水煮白豆腐最有名。日本一般市場裡出售的豆腐比較粗糙，而寺院裡禪僧的豆腐則潔白細膩，入口即化，十分精緻。這種「湯豆腐」只是將嫩白豆腐在沸水中略微川過，切成半寸許見方，仍浸於清水中，以保持幼嫩。

通常都是用木製小桶裝著，食時蘸以七味❼及白醬油。其色澤純白，味亦淡薄，完全符合禪宗意境。京都市內以南禪寺的湯豆腐最負盛名，每年觀光季節，從外國和日本各地來京都的人必一嘗此禪味，故而「南禪寺」北側的「壺庵」常是座無虛席，有時尚得排隊等候。「清水寺」的湯豆腐雖未若「南禪寺」著稱，然而在那半山腰的露店裡，脫去皮鞋，盤坐在鋪著紅布的榻榻米上，叫一客清淡的湯豆腐，飲兩杯甜甜的日本酒，無論賞秋葉，或看落英，都是極風流饒有情致的。

京都人雖然雅愛淡的口味，但是這並非即表示他們沒有濃膩的食物。在鬧區三條京阪車站附近的狹窄弄堂裡有一家「北齋」，以獨家生意「御獵鍋」出名。關於「御獵鍋」一詞的來源，在一個北風凜冽的夜晚，那個掌廚的京都婦人曾娓娓地告訴我：在很久遠的古代，有一次帝王貴族們出外打獵，由於興致濃厚，較預計的時間延緩了。他們吃盡了攜帶的糧食，不得已而向農家求食。受寵若驚的農人，趕忙洗淨了鋤頭，宰殺了肥鴨，就在炭火上用鋤頭替代釜鍋，以鴨油烤鴨肉，佐以新摘的蔬菜進供。那

❼京都名產，用七種調味品配合成者，稱「七味」。

些饑餓的貴人們享用過吱吱作響而香噴噴的鴨肉後，竟留下了難忘的印象，故而回到宮殿裡，特令仿造農作的鋤具，如法泡製。從此這道農家野味不脛而走，遂為別致的菜單。這個故事與正德皇帝大賞民間稀飯醬菜的軼聞相類，其真實性頗可疑，然而姑妄言之姑聽之，倒是異鄉寒夜裡一段有趣的記憶。「北齋」的店面不大，只有裡外二間，卻十分爽淨，布置也頗不俗，到處有斗笠簑衣等裝飾，洋溢著農莊情調。裡面較大的一間供正式宴席用，通常小吃則在外面一間。在那二十蓆大的空間裡，擺著四五張日式矮几，上皆有瓦斯設備，隨時可供燒烤。另有一排如同酒吧的櫃臺，上面也裝著瓦斯爐。由於櫃臺下挖著一條溝，客人可以把雙腿垂放，而不必受日式盤坐的痲痺之苦，所以一般外國人都願意坐在那兒。客人坐定後，他們會送上一杯熱茶，一條毛巾和一張印著「北齋」的紙製圍兜，教你將兩根帶子繫在頸後，以防食時鴨油濺汙胸前。接著，那位婦人會把你面前的瓦斯爐點燃，放上一塊鋤具型鐵板，又端出精巧的籐製小簸箕，上面堆放著一片片鴨肉、葱段、白菜、青椒、胡蘿蔔以及新鮮香菇等蔬菜。客人可以自己動手將那鴨油放在鐵板上煎炸。然後再放葱段和鴨肉、蔬菜等。如果你是一個初次嘗食的客人，那位婦人會親切地替你服務，一邊用綿綿的京都腔和你聊天。她的手法熟練，有時候一個人站在櫃臺裡，可以同時照顧一排五六個客人，而使每個客人都沒有被冷落的感覺。當鴨肉烤熟時，濃郁的香味便充滿整個房間，教人垂涎三尺，而吱吱響的蔬菜又十分爽脆可口。面前的爐火把你的臉烘得紅紅熱熱的，如果再叫一壺乳白色的濁酒慢慢酌飲，幾乎可以把異鄉冬夜的愁悶暫忘，而「五世長者知飲食」，這時你的享受真不啻是帝王貴族了！

日本人平時很少吃獸肉，據說吃牛肉的風氣還是明治維新以後才開始的，有些保守的京都人至今不能習慣肉腥。不過，戰後日本政府為了改善民間的食生活，促進國民健康，已提倡麵食和多食鳥獸肉，而一般年輕人也逐漸有重視肉食的傾向了。或許是平時多以魚介蔬菜為主食的關係吧，當他們享用肉食時往往只以吃肉為目的，而暫摒魚蝦，僅以些許蔬菜佐配。在京都的大街小巷裡，到處可以看到用白糖和醬油烹調肉類的「壽喜燒」招牌。更甚者，在鬧區河原町四條有一家號稱肉屋的「南大門」。這家六層樓高的餐館有電梯接送客人，而每一層樓專賣某地肉食：有日本式「壽喜燒」、

「鐵板燒」、韓國烤肉、蒙古烤肉及西式牛排等。初看那稱做「肉屋」的廣告，不明就裡的人往往會嚇一跳，其實所謂肉屋者，即意謂此六層樓的房屋全部以肉食為主耳。以前動物的內臟類為日本人所厭惡丟棄，近來也頗有知味者了。街邊常見「荷爾蒙燒」這種奇特的廣告，便是指專以肝臟、肚子、腰子等為主的食物。我們中國人一般家庭中常吃炒肝片、腰花等，卻從來沒聽說過標榜為「荷爾蒙炒」的吧。

講到肉食而不提「十二段家」可能是一大疏忽。如果你在京都想吃涮牛肉，任何人都會告訴你應該到「十二段家」去。因為「十二段家」是京都賣涮牛肉的元祖。據說「十二段家」的主人早年曾住過我國北方，返鄉時攜回了這種美味而別致的食譜，而在京都最典雅的地區祇園開設了這個店。「十二段家」這個店名頗不俗，乃是典出於歌舞伎❽「忠臣藏」者，可見店主對古典的嗜好。而其店面也保留著古典京都式建築物風格，無論那「勘亭流」❾的招牌，赭紅色的格子木門或蠟染的垂幔，都能予京都

❽「歌舞伎」為日本古典戲劇，類似我國京戲，詳見〈歲末京都歌舞伎觀賞記〉。

❾「勘亭流」為日本書法之一體，類我國仿宋體而略渾圓，為「歌舞伎」專用字體。

人親切的印象。如今開創「十二段家」的主人已故去，祇園的店由他的大小姐主持。年屆花甲的現任女主人頗能克紹箕裘，使店譽依然不衰。除了祇園的本店之外，「十二段家」在丸太町和北白川通另有兩家分店，也都保持著老主人的作風，由三小姐夫婦主持，秋道先生管理丸太町的店，而秋道太太管理北白川通的店。北白川通的「十二段家」於兩年前建成，在鋼筋水泥的建築物逐漸取代舊式木屋的今日，秋道先生夫婦卻執意修建真材實料的江戶時代京都式房屋，以求得三個店鋪的風格一致。由於北白川通近京大人文科學研究所，許多學者的住宅都在附近，而秋道太太又是一位多愁善感，饒有文學氣質的女性，她店裡所懸掛的字畫，展出的屏風，甚至於擺飾用具都十分雅致，所以這家「十二段家」很自然地成為文人學者們雅聚的場所。我第一天到京都，平岡教授便介紹我認識了秋道太太，而她和我一見如故，一年來竟成了無話不談的知交。秋道太太主持的「十二段家」也以涮牛肉著稱，不過她做涮牛肉的方式卻和我們中國人略異。對於貴賓上客，她會依京都習俗，先上熱茶和糕點，繼之以日式冷盤，以為佐酒之菜肴。銅製的火鍋與我們中國的火鍋完全一樣，不過，她會在那一鍋沸滾的清水裡先放下大葱、白菜、茼蒿和新鮮香菇等蔬菜，然後請你自己把面前的牛肉放下去涮一涮。那牛肉有半公分厚，而且也切得很大，每人盤上四條。京都附近有神戶、松阪等有名的肉牛產地，而牛肉的等級頗多。「十二段家」一向以供應上等牛肉維持店譽，他們所選的牛肉肥瘦得宜，精肉裡雜有點點白油，一如降霜，這種肉吃起來特別滑嫩，日人稱做「霜降」。至於蘸肉的佐料，則是「十二段家」的一項祕密，雖然一年來爽直的秋道太太對我無話不談，這一點祕密她卻始終沒有透露過。我只知道那每人一小碗的白色佐料中大部分是磨研成漿汁的芝麻，又依客人的口味嗜好，可以任意加些白醬油及葱末、七味等。這種吃法與我們中國人先涮薄片牛肉，後燙蔬菜、粉絲等物，而佐料依個人喜愛自己調配有多麼不同！不過，沒有到過中國的秋道太太卻相信這就是我們的涮牛肉，同時她家菜單上的涮牛肉也不依日式讀法，卻故意用英文注音 Shua-Niu-Rou，以示正宗。除了涮牛肉外，「十二段家」也供應西式牛排以及純京都風味的茶泡飯，而茶泡飯佐以醬菜，生魚片及味噌汁這一道清淡的吃食，和「涮牛肉」同為其招牌菜單，許多日本各地遊客不遠千里來吃它呢。有時，應客人喜好，秋道太太也會供應各季的時鮮。在春末夏初時，我曾在一次宴席上吃到鯉魚做的生魚片，對之印象深刻，至今難忘。當侍應小姐端出那直徑至少有一尺半大的陶盤上來時，我以為躺在蘿蔔絲做成的波浪裡那條魚是活的，因為看來牠外形完整無傷。可是當秋道太太用筷子掀去那覆蓋著的一層鱗片時，底下卻赫然是已切成薄片而排列整齊的魚肉，肉色透明，微滲鮮血。這純是刀法與速度的表演，那位年輕廚師島田先生確實有了不起的手藝！當我們的筷子翻動魚肉時，那條看來完整而實際已體無完膚的鯉魚竟然躍動了好幾次，秋道太太驕傲地告訴我：這足以證明魚片的新鮮，然而看著那垂死痙攣的魚身，我已倒足胃口，不忍下嚥了。

在京都吃河豚也是極風雅之事，但是受了過去「拚死吃河豚」的錯誤觀念影響，我一直認為那是極危險的，而不敢輕易嘗試。直到快離開京都時，寫蘇東坡論文的李小姐因為有感於東坡盛稱河豚味美，說為了享受其美味，「直那一死！」[10]，覺得在日本而不吃河豚，無以瞭解古人之語，所以約我去共嘗河豚滋味。在我國大陸上，河豚

[10] 見《邵氏聞見後錄》。

上市時應該是荻芽生，楊花飛的春天⓫，然而在日本卻在冬季，而我們兩個人想起吃河豚則在八月的祇園祭⓬時候。日本朋友們都說在夏季裡想吃河豚是挺不容易的事情，然而我們這兩個異鄉吃客卻抱著「不到黃河心不死」的決心。李小姐更不惜花費二百円買了一本《京都味覺散步》做為指南。於是她和我拿出訪名園古剎的精神，按圖索驥，在河原町三條與四條之間，大街小巷地轉著，最後總算找到一家終年供應河豚的「五十嵐」。我們叫了兩客河豚全席，所費不過一千四百円（約合臺幣一百五十元），包括有醋漬河豚絲的前菜、河豚生魚片，及河豚火鍋。生魚片取自河豚肉最佳部位，那切成賽紙薄的魚肉透明而晶瑩，攤擺在五彩大瓷盤上，盤上的花紋透過魚片而清楚可辨，十分美觀。據云河豚肉性極韌，非刀法高明不能切割。吃河豚生魚片的佐料與一般河魚的甜酸黃醬相同。想到梅堯臣詩那句「庖煎苟失所，入喉為鏌鋣」，難免膽顫心悸。看到我們猶豫的表情，那位侍應生說：河豚的毒只在內臟裡，而在日本賣河豚

⓫ 見梅堯臣詩〈范饒州坐中客語食河豚魚〉。

⓬ 「祇園祭」為京都八月盛典，詳見〈祇園祭〉。

是需要特別執照的，何況這家「五十嵐」已有二、三十年的營業歷史了，她勸我們儘管放心去吃。果然，河豚肉做的生魚片爽脆鮮美，非其他魚肉所能比。至於做火鍋用的河豚，則帶皮連骨，蓋為切魚片餘下來的部分。在沸滾的湯裡涮燙，蘸著特別調配的佐料吃，魚皮肥厚，饒有膠質，而肉則滑嫩，在有冷氣設備的夏季裡，臉上迎著鍋裡冒出的蒸氣，品嘗這別致的河豚火鍋，的確是一大享受。所遺憾者，東坡講究煮魚之法⑬，我們所吃的河豚生魚片及火鍋未必得其法，也只有從眼前的美食遙想古人之風雅了。

在日本住久了之後，難免思念家鄉口味，京都畢竟不如大阪與東京，中國菜館比較少，烹調手藝也稍差。坐落於四條大橋畔的四層樓洋房「東華菜館」算是數一數二的北京菜館了。在我遊學京都期間，受到許多人的關懷與照顧，六月裡父母歐遊返臺路經京都時，曾特別為我在「東華菜館」擺一桌酒席回謝他們。訂酒席時，那位山東籍的老闆問我：「您訂多少錢一客的酒席？」這倒使我很驚訝，中國菜是論桌的，哪

---

⑬見東坡文〈煮魚法〉。

有算一客多少錢的呢？大概那位老先生在日本住久了，入鄉隨俗，所以也就採用這個東洋式的算法了。後來我要求看菜單時，他又說：「您放心吧，咱們都是中國人，一定客氣的！」倒非我不相信他，只是過去每當請客時，我總習慣先看看菜單，而這在國內也是很普通的事情，並不足以表示對餐館的不信任。老闆拗不過我，只好叫領班的開了菜單來。那菜單上的十道菜裡倒有三道是雞。我雖非烹飪能手，但也知道酒席上應該避免太多的重複，所以要求把其中二道換成烤鴨和海鮮。老闆總算因為我是中國人，給了我最大的面子，都答應了。十月不知家鄉味，我對慕名已久的「東華菜館」抱著很大的期望。然而，事實卻使我非常失望！當天的菜，無論烹調與布置手藝都只能算是二、三流的，尤其令人沮喪的是那一道「北京烤鴨」，端出來時，鴨皮連著鴨肉，切得厚厚大大，排列也極不整齊。沒有薄餅，卻代之以冰冷的饅頭。佐料除醬和蔥段外，尚有洋蔥與黃瓜片！差堪告慰的是每盤菜都相當豐富，足夠一桌半的客人吃飽。我們三個做主人的都感到坐立不安，但是在座的日本客人卻都吃得津津有味，讚不絕口。也許我們以國內的標準求諸京都是太苛刻了吧。一流的「東華菜館」尚且如此，則遑論其他了。這一頓飯所費總共五萬円（合臺幣五千多元）。

在京都的外國餐館中「萬養軒」也是很有名的。這家以正宗法國菜為招牌的餐館在最繁華的四條。如今二層樓的房子雖已古舊，卻是數十年前全京都市內唯一夠水準的洋房呢。踏進自動的玻璃門內，室內鋪滿紫紅色的地毯。門口永遠站著兩個制服畢挺，戴白手套的男女侍應生。他們會笑容可掬，斯文有禮地接去你手中的東西，替你脫下外套，然後領著你到預訂的桌上，或為你找一個合適的座位。這裡無論晝夜，始終保持光線柔和，高高的屋頂下垂著巨大的水晶燈，更增添豪華的氣氛。室內的設計正是路易十四時代的法式趣味，走道壁間裡擺設著精緻的瓷器和古典的玻璃杯子。據說「萬養軒」的主人曾留學法國，專習烹飪。創店以來，無論一湯一菜，甚至麵包甜點都完全依仿法國式口味。如今主人已故去，店務由其女公子主持。這位皮膚白皙，嬌小而高雅的中年婦人經常穿著與其他女侍應生同樣的制服，來回巡視於各餐桌之間，對熟悉的客人她常會自動上前招呼，但態度溫文，辭令不亢不卑，往往使客人覺得能得到她的青睞是一種殊榮。京都的西餐館頗不少，但是「萬養軒」的聲譽卻能歷久而不衰，一則以其傳統的地道口味，再則認真的經營方法也恐怕是主要因素吧。

像世界任何地方一樣，在第一流的餐館裡可以獲得豪華的氣氛，殷勤的招待與夠水準的佳肴；但是識途老馬寧願花費較少的錢，得到更實惠的享受。京都的大街小巷裡，尤其在祇園先斗町一帶那些狹窄的弄堂裡有數不盡的小吃店，而一個京都的老饕客會告訴你：在哪兒你可以吃到夠味的壽司，在哪兒你可以嘗到不含糊的鰻魚。「重兵衛」的壽司、「權兵衛」的湯麵、「平八」的什錦火鍋、「錦水亭」的筍料理、「洗月庵」的鶉蛋麵、「尾張屋」的蕎麥麵等，這些料理店多數具有濃厚的庶民趣味，你可以隨時從容輕鬆地進去，叫一兩樣喜歡吃的東西，所費無幾，而享受良多。在這些料理店之中，最饒情調的該數先斗町鴨川畔那些櫛比林立的純京都風格的飲食店了。它們都是古老的日式木屋，緊靠著鴨川建築，客人坐在榻榻米上，可以邊吃邊聽潺潺的水聲。多數的店在正屋之外，又搭伸木板臺子在河岸積石之上，叫做「床」。這些「床」都是露天的，專供夏夜納涼之用。先斗町為京都著名的花街，舞妓與藝妓集中此區。悶熱的夏夜，這種「床」便成為宴客的好場所，燈光水影與星月互輝，三味線的弦音伴著藝妓的歌聲，岸邊送來習習涼風，使整條的鴨川散發出惑人的妖嬈氣氛。這樣的情調只有在京都才能看到。

諺云：「吃中國菜，住美國房子，討日本老婆。」我們的菜肴不僅為國人所引以為榮，同時也幾乎是全世界的人所一致讚美者，然而，就如同住久了鋪設地毯，有空氣調節的新式洋房後，偶一見茅頂磚牆的田舍，你會不由得產生親切自在的感覺；又如同與嬌柔溫順的佳麗處久後，見得談吐文雅、落落大方的女性，你會禁不住起思慕之情一般；在偏嘗濃膩之後，清淡的日本菜給你的意境是截然不同的。何況京都的菜肴原本不僅止為滿足人們口腹之慾，它是需要同時用眼睛去欣賞，情趣去體會的。如果你能用參觀庭園古剎的悠閒心境去享受京都的食物，那就對了。

十二段家左京區分店

作者攝於京料理店外

我所認識的三位京都女性

在日本各地方言之中，京都腔是大家公認為最柔弱的，它給人的感覺就如我國方言中的蘇州腔，男人講起來頗嫌缺乏大丈夫氣概；可是女人說著卻悅耳動聽，饒有韻味，所以許多日本人都喜歡聽京都女性說話。京都也是一個產美女的地方，當地婦女以皮膚白皙肌理細膩著稱。又由於京都千餘年來一直是文化的古都，所以地靈人秀，那兒的女性也多數有溫柔優雅的風姿。可是在優美的外貌及嬌弱的口音之外，京都的女性卻往往有強烈的個性與熱烈的感情。在京都住了將近一年的時間，我和三位女性交往較深，從她們那兒，我看到了京都女性的真實影像。這三位女性的年齡不同，身分有別，卻都是我異鄉生活那一段日子裡的知己，如今我雖已回到故鄉，和家人在一起，感情至今不忘，而當我執筆記述她們時，心中是充滿了懷念的。

秋道太太

認識秋道太太是在我抵達京都的第一天。記得那是一個楓葉初轉紅的星期日中午，熱心的平岡先生把居所尚無著落的我帶到「十二段家」——左京區名料理亭之一。我在京都的第一頓飯便是在秋道太太的店裡吃的。「十二段家」是一家頗具古典風格的日本餐館，而它的女主人秋道太太給我的第一印象也是典型的京都女性偶像。她是一位中年婦人，雖然並沒有沉魚落雁的美貌，但是她那一身素雅的和服裝扮，以及和藹親切的儀態卻另有引人之處。從平岡先生那兒獲悉我是別夫離子隻身來異鄉遊學的中國女性後，她先是睜大了眼睛驚訝，繼之則對我表示感佩與同情。平岡先生介紹我們認識，希望往後秋道太太能在日常生活方面幫助我，照拂我。我是一個看來細心，而實則有時極粗心的人。我拎了一隻皮箱來到一個完全陌生的地方，只憑一封介紹信找到了人文科學研究所的地址，和平岡武夫教授的研究室，卻沒有預先安排住宿處。秋道太太知道了這情況之後，又替我十分著急，答應代我留意。於是只好暫時在旅館裡訂了幾天的房間，第二天開始四處去找尋出租的房屋，可是往往不是房租太貴，便是地點太偏僻，適當的房屋很難找到。正在失望和焦急的時候，秋道太太忽然打電話給我，要帶我去看一個地方。依約趕到「十二段家」門前時，卻見她從店裡慌急地跑出來，臉上不施脂粉，穿著一件舊洋裝，兩隻濕的手還在白色的圍裙上不停地擦著，和我昨天看見的嚴妝模樣全不相同。她一面掠著散亂的頭髮說：「請原諒我這副狼狽的樣子，正在廚房裡幫忙著哪！」當我們看完房子時，天色已黑，為了報答她的幫忙，我想邀請她一起吃晚飯，但她說這是生意最忙的時候，她必須再趕回店裡工作去。雖然後來我租定的房屋並不是秋道太太介紹的地方，但是她的盛情隆意，卻使我銘記於心，難以忘懷。

「十二段家」距離人文科學研究所和我住宿處只有步行二十分鐘的路程。我生平第一次獨處異鄉，圖書館閉門後的時間對我來說是漫長而寂寞的，而秋道太太在店裡的客人散去後也常有休閒的自由，於是我們有時相約聚敘。多次的長談，使我們之間認識更深，我喜歡她爽朗堅強而又多愁善感的個性；她則被我對京都的傾心與學習京都腔的熱誠所動，不到一個月的工夫，我們已成了莫逆。

秋道太太自幼生長在祇園區，那兒是保留京都古典氣氛最濃厚的區域，所以她的思想和言行也最能代表京都女性的特色。雖然她受過戰前日本婦女的最高教育——女子專科學校，而酷愛古典文學，卻因為家庭背景的關係，不得不繼承這份餐館的事業。

她告訴我：在戰時及戰後那一段艱苦的日子裡，她和秋道先生曾經怎樣胼手胝足，慘澹經營這家餐館，而為著哺育三個孩子，她更是怎樣身心交瘁地操勞過。她們夫婦費了整整十年的心血，才使一度幾乎中輟的店務穩定下來。四年前，他們向銀行貸款而修築了北白川的這一家分店。如今，兩家餐館的業務一天比一天昌盛，秋道先生主持丸太町的老店，而她自己則主持分店。他們的三個兒子也都已長大成人，先後考入了大學。她驕傲地伸出一雙枝節粗壯的手給我看，那雙手像男人的一般大，每一條粗糙的紋路都代表著過去日子裡奮鬥的故事。那雙手絕稱不上美，但它們不僅可以做種種粗活兒，同時也可以做細緻的縫紉和刺繡，精於茶道，而又寫得一手端莊的毛筆字。

在日本的女性當中，我很少看到一位像秋道太太那樣不斷力求上進的例子。她能閱讀艱澀的古典文學作品，也能朗誦《萬葉集》和《古今集》中的許多美麗詩篇，她用古文寫日記和信札。人文科學研究所東方部的春秋二季學術演講是對外公開的，秋道太太便是極少數的所外必到聽眾之一。這種專題演講相當冷僻，聽眾並不十分踴躍，據說一度曾考慮輟止過，但在例會上討論這個問題時，有一位學者竟以這個演講會能吸引料理店的老闆娘前來聽講為理由，而堅持使其持續下去。我曾經和她並肩而坐，聆聽過兩次演講，她聽講時非常認真，有時記大綱，有時甚至於錄音，至於演講的內容，她倒不一定能全部瞭解，卻堅信那是使她自己不斷接觸文學氣氛的好機會。

對於京都的風雅節令行事，她也同樣不肯錯過。承她的盛情，在京都居住的那一段日子裡，我曾經和她共賞過歲末的「歌舞伎」表演，春天櫻花節的「都舞」，夏天的「祇園宵山祭」，以及「文樂」（又名淨琉璃，為日本傀儡戲），和一場契珂夫的「海鷗」舞臺劇。她從小酷好古典戲劇，對許多劇本十分熟悉，於役者的演技也頗能批評。和她共賞戲劇是挺有意思的，她是一位感受性極強的人，觀劇時常見她不停用手帕拭淚；觀完後，為了不願意破壞感動的氣氛，我們都不喜歡立刻討論批評，總愛挑一些靜僻的小衖堂散步一會兒。那次觀「都舞」後，她帶我走過古趣洋溢的石板小徑，牆頭的垂枝和路邊的苔痕，以及長長的石板路，至今印象猶深；「文樂」之夜，我們在寂靜的御所（日本故宮）庭苑漫步，那晚夜霧迷濛，寒月殘星，也令人難忘。我總愛把手插在她那寬大的和服袖裡，我們一面散步，一面談天，對於看得懂聽得懂的部分，我們常熱烈地討論爭執；我不能接受的部分，她則仔細為我解說。我能在短短的不到一年工夫裡接觸一些日本的古典和民間戲劇，秋道太太給我的幫助實在最大。

雖然秋道太太已是一位五十開外的婦人，但是她從來不承認自己是初老之身。說實在的，她倒是處處保留朝氣的。初冬的一個傍晚，她打電話到我住宿處，要我馬上到「十二段家」去，她說有一樣「極珍貴的東西」給我看。我連忙雇車趕去，她已站在寒風中迎接我了。掩不住喜悅和興奮之情，她拉我到二樓那一間她自己最喜歡的「紫之間」。拉開紙門，赫然有一座高及人腰部的「文樂」傀儡人形安置在房裡。她等不及我讚美，就要我端詳那逼真的臉龐，要我輕撫那絢爛的織錦帶，又要我把手伸進傀儡人形的身子裡，模倣文樂役者的動作。告訴我：那一座人形訂製已月餘，花費了日幣四十餘萬円。她的豪舉令人驚歎，但是卻解釋道：「這是我少女時代以來的夢想。我從小喜歡看『文樂』，一直想自己擁有一座人形。從前窮困，買不起，每次觀賞『文樂』後，總是羨慕不已；如今苦日子已捱過，我用自己血汗賺來的四十萬円買一個夢，不算太奢侈吧！」秋道太太有很多的夢：她的夢有時是一條華麗的織錦帶，她把它買回家當做藝術品欣賞；她的夢有時是一幅屏風或一軸字畫，這些她心愛的東西都展列在那間「紫之間」裡，但是有時她的夢卻只是想出去呼吸一口新鮮的空氣。去年深秋時分，她提議去看洛（日人稱京都為洛）北郊區高雄的楓葉。於是我們和平岡教授夫婦四個人雇了一輛車，清晨六時直奔高雄山腰。晨曦裡，滿山深淺的紅葉，和那吸入肺裡尚覺清涼的空氣，委實教人留戀！又有一個初夏的清晨，我聽見樓外有人哼著熟悉的歌。打開窗子下望，是秋道太太倚在那石橋畔，她穿著一襲淡色的夏裝，笑著向我招手，並示意要我下樓。就那樣的，我被拖了去參觀圓山公園的牽牛花晨展。揉著惺忪的睡眼我怪她擾人清夢，她卻說：「牽牛花是見不得陽光的，看完花展，你可以回去再從容睡覺呀！」如今想起來，假如不是秋道太太好奇，我恐怕將永遠不會曉得牽牛花竟有那麼多的種類和那樣豐盛的生意了！她又帶我去參觀過庶民風味的露店「清水燒」（為京都有名的陶瓷器）展覽，勸我不要錯過欣賞「王生狂言」（每年四月末在王生寺舉行的狂言表演）、「大文字燒山」（每年八月十六日晚點燃大文字山等京都四周的五座山，做為祭祖的最後節目）……似乎生為京都人，她有無上的驕傲，同時也希望我能於有限的期間內儘量多認識京都的風貌。京都是一年四季被大小各種節日行事佔滿的都城，於是認識了秋道太太之後，我不再有空閒獨處小樓咀嚼異鄉的寂寞了。

對於做為一個餐館的女主人而言，這些風雅之事實在是秋道太太忙裡偷閒的最大享受了。像京都一般餐館的女主人一般，平日裡她是十分忙碌的，雖然她的「十二段家」有男女工作人員十餘名之多，她自己卻經常是繫著一條白圍裙雜在廚房裡操勞著，她的處世哲學是：「如果你要別人甘願為你工作，自己就得先做個榜樣；只有能幹的主人，才能留得住能幹的工人。」她自己的飲食總在工人們吃完之後，而有時工作過忙，就會錯過進食時間，因此她的胃有毛病，稍一縱飲，即臥病三數日。但是在朋友宴聚的場合，她卻又不願使大家掃興。看了她的熱情和她飲酒後的痛苦，使我禁不住聯想起川端康成筆下的駒子（《雪國》的女主角）來。她常常忘記自己只是一個血肉之軀，過度的操勞和多方的興趣往往使她透支體力而病倒，而在病床上，她的軟弱便全部暴露出來了。她會想到死，想到生命之無奈。有一回，她病得較重，我帶著一束鮮花去探病，她睜著深陷的雙眼對我說：「我不要死，我不能死啊！我們修建這個店鋪的貸款還沒有還清，我的三個兒子也還沒有大學畢業，我還有許多的義務未盡……」說著她竟流下眼淚來。我只有像哄孩子似地輕拍她的肩膀。

我離開京都的前幾夜，秋道太太約我在晚上九點鐘以後去「十二段家」找她。那時候客人已散，工人在收拾店面之後也陸續離去了。我們在「紫之間」剝著新上市的毛豆吃，喝著她特別為我保存下來的乳白色濁酒。那一晚，我們都充滿了離情別緒，她告訴了我許多許多個人的祕密，她奇怪為什麼自己會對一個認識不及一年的外國人吐露心事？難道人與人間真有不可思議的所謂「緣分」嗎？

離開京都已經有四個多月了，秋道太太給我的書信也已超過了十封，而每回展讀她那清秀的毛筆字跡的信，我又如同看到了那一張辛勞的，卻又興致勃勃的臉。有些女人是超越年齡和面貌，另有一股吸引人的力量的。認識了秋道太太之後，我可以肯定這句話了。

那須小姐

那須小姐是平岡教授的女助手。當平岡先生把她介紹給我的時候，附加了一句：「我這研究室裡很少有女性研修員來，有許多事情如果不方便找我的，請你儘管和那須小姐商量吧。」於是，從那時起，我便不斷地給那須小姐增添麻煩，她不僅帶我去圖書館接洽借書及影印諸事，還陪我在京都市中團團轉著找我的住宿處，她也同時成了義務嚮導，為了我的緣故，往往同樣的風景或節目要一看再看。但那須小組絕不是溫柔得沒有個性的女孩子，如果不是那段日子裡幾乎和她天天相處，我可能也不會知道除了那白皙的皮膚，嬌小的身材和可愛的臉龐之外，她還有那樣堅忍的個性呢。

她是戰後受過大學教育的女孩子，專攻社會教育，卻到這個充滿了古老書籍和學術氣息濃厚的人文科學研究所來。平岡先生是一位做事認真而要求嚴格的學者，前幾位女助手都因不堪其任而半途離職，那須小姐以一個外行者而竟然繼續了五年的現職，從這一點便可以想見她的好強和能幹了。一般說來，日本女性職員的地位仍然顯得較男性為低，例如那須小姐：她每天早上要在平岡先生來到研究室以前掃好地擦好桌子，洗濯毛巾換好花瓶的水，並煮好茶水等等諸雜務。平時她的工作是為平岡先生查資料，做研究卡片和謄寫稿紙等。積五年的工作經驗，她翻查字典有驚人的速度，比任何人（包括平岡先生本人在內）能更快地在那研究室裡雜亂的書堆中抽出想要的書，而最令人佩服的是她那靜坐幾小時做整理資料的耐性了。如今，平岡先生雖偶爾也會對她的小疏忽嘮叨幾句，但是相信那須小姐對他的研究工作已是一位不可或缺的重要助理了。尤其近年來，平岡先生在研究所裡主持每星期五的「白居易共同研究」，那須小姐除了事先得把平岡先生交代的資料做剪貼鈔寫等整理工作外，還要寫成複雜的校勘表交由照相館去影印複製，散發給每一位參加的研究員。而在兩小時的研究會期間，她尚得端著托盤，照拂大家的茶點。她調製的檸檬紅茶十分考究，是研究所裡聞名的。更難得的是，她分送紅茶時，對每個人的口味嗜好十分清楚，所以怕胖的人不會喝到太甜的，而愛吃甜的人也總不會嫌太酸。

那須小姐雖有可愛的外形和聰明才能，但可惜她年近三十而仍待字閨中，甚至目前尚無較親近的男友。起初這一點頗令我不解，後來從談話之中得悉：她的家庭環境不十分好，父親早故，寡母一手撫養了三個子女，而她有一個患小兒麻痺的妹妹，前年才死去。如今母親年紀大，在家操勞家事，而日常生計全依她和哥哥二人的收入。她自己所選擇的這份工作收入既微，又整日與書籍及老學者為伍，甚少有年輕人的社交關係，加之以她自己的才智以及平日所接觸者皆是人才中之佼佼者，一般青年人恐怕不能教她心折敬愛，因此才一年年蹉跎至今。她日常往返於家和研究所之間，為著打發休閒的時間，也像一般日本女性一樣學習茶道、花道和習字。而她所學的這三種藝術在平岡先生的研究室裡都可以有表現的機會。那一間大小不及十蓆大的研究室之中，書籍和資料檔案佔據了三分之二的空間，顯得零亂無序，但是日日更換的鮮花卻使陰暗的房間倍添幾許生趣。在平岡先生書桌之旁有一個小櫃子，裡面放置著日本茶道用具，在平岡先生喝膩了咖啡和紅茶的時候，他會想啜飲幾口濃濃的抹茶（日本茶道不用茶葉而用茶末），於是那須小姐便會搬出那一套茶碗、茶筅等道具來表演一番。有時她會準備好三份甜點，打電話到樓上的圖書室邀我下樓來參加他們的午茶。寒冷的冬天，我們三人圍著電爐取暖，品茗談天，消磨上半小時，使緊張的神經得暫緩，然後各自回到自己的工作，小小一杯茶竟有無比的功效，而對於一個異鄉人來說，那份細膩親切的關懷所帶來的溫暖，又豈是筆墨所能形容的呢。一般說來，日本人寫的漢字都不能教人恭維，但是那須小姐替平岡先生鈔寫的字跡卻十分端正可觀。為了更求上進，去年開始，她又參加了一個習字班補習，而在第一次的書道展覽會裡，她所寫的白居易詩句竟然入選了佳作。為了表示鼓勵，平岡先生也破例去參觀捧場了。

日本人上班都是自備午餐的，那須小姐中午約有一小時的休息時間。有一天，午餐後我們在研究所裡院的草坪上曬太陽，我忽然想到為什麼不利用這一段時間教她學中國話呢？平岡先生是專研中國文學和哲學的，他自己能說一口流利的中國話，而五年來在他研究室工作的那須小姐卻完全不懂中文，這是既不方便又不合理的。我這個提議，她馬上接受了。從第二天開始，我們便一起午餐，餐後我教她中文。我們從注音符號開始，以避免一般日本人從羅馬注音學中文的一些發音上不正確（羅馬音注音往往使聲母帶有濁音，如b、d、g）。我們讀書的方法很隨便，不拘形式，有時在研究室裡，有時在草坪上，也有時在咖啡館裡；時間長短也不一定，但有一個原則：不能讓平岡先生知道。那須小姐有一個願望，她想一直瞞著平岡先生學習中文，等到她辭職的那一天，要用流利的中國話向她的上司告別，使平岡先生吃驚。因此，我們總是利用平岡先生回家午餐的時間，或他去開會的時候才在研究室裡讀中文。有幾回，平岡先生破例提早回來，我們慌張而狼狽地收拾課本，假裝若無其事。平岡先生頗覺詫異。那須小姐很聰明，也很用功，她的中文進步得很快，不到兩三個月工夫，已能說簡單的字句，聽懂日常慣用的會話了。她雖然有意保守這項祕密，但是對於已具的能力卻無法掩飾。有時候平岡先生和別人說中國話而須要她去找一些資料，她的耳朵接住了幾個已懂的字句，再運用一部分猜想，往往在平岡先生改用日語吩咐之前，早已將所需要的東西取妥了。事後她告訴我：「今天真險，差點兒露出馬腳來！」終於有一天早晨，我走進平岡先生的研究室時，那須小姐漲紅著臉迫不及待地說：「不好了，平岡先生早就知道了呢！」我被突如其來的這句話弄糊塗了。原來，那天早晨，平岡先生出其不意地問：「那須小姐，你的中國話到底學得怎麼樣了？」我們自以為保密工作做得很好，豈知近來的許多鬼鬼祟祟的舉動和那須小姐的一些不尋常的反應早已引起平岡先生的注意了。他說：「其實我老早可以揭穿的，只因為看到你們津津有味地藏著祕密，也就不忍心太早說出來罷了。」我們聽後大笑，同時也感到如釋重荷般輕鬆，畢竟隱瞞祕密是不容易的啊。從那天以後，我們可以堂而皇之地在平岡先生面前用那須小姐已會的中國話交談。偶爾有些中國學者或不會說日語的西方學者來到平岡先生的研究室時，那須小姐也會運用那有限的中文詞彙再配合她自己的機警，順利地辦成事情。為著日後的自修方便，在我離開京都之前，我把那本教科書的後半部分灌製成錄音帶留給那須小姐。她曾經一再向我保證，一定要學好中國話。以她的聰明和好強，我相信她必不會使我失望的。果然在最近給我的信裡，她有時寫幾句中文報告近況，字句尚稱通順。我慶幸自己在日本的短短一段日子裡，至少做了一件有意義的事情；不過，在另一方面又不免對平岡先生抱歉，今後他不再能在那須小姐面前用中國話和別人商討一些較機密的問題了。同時，我所擔心的是，多具備一項技藝才能，對那須小姐而言，是否更妨礙了她的終身大事呢？

離開京都那一天，那須小姐說什麼都要送我到車站。在從人文科學研究所到京都車站那一段長長的路程裡，我們心中都有難以言喻的依依，但是大家都避免觸及感傷的話，而儘量找些輕鬆的話題，藉以掩飾內心的激動。火車快駛入車站時，她祝我一路平安，而當我說：「願你能遇到一位很好的男士，祝你幸福！」時，她再也忍不住奪眶而出的眼淚，卻又倔強地把頭仰起，不使淚水下流。在模糊的視野裡，我看到她嬌小的身影，不停地向我揮手。

我的日本保姆

我管下平太太叫做「我的日本保姆」，並沒有一點誇張的意思。秋道太太和那須小姐雖然是我在京都時的兩位知己好友，但是她們的家離我住宿處究竟有一段距離，我不能每天和她們見面，而下平太太則是住在我樓下的房客，我又與她共用一個廚房，所以沒有一天不見面的。她是一位六十多歲的老太太，胖胖的身體在腰圍顯得特別突出，斑白的頭髮剪成男人西裝頭型，由於曾患牙床疾病而失掉了大部分的牙齒，說話時只見下面的兩顆門牙。她永遠穿著寬寬的長褲，和她兒子的舊襯衫，所以常被人誤認做男人。

她們母子比我遲兩個禮拜搬入那幢日式木屋的樓下。在日本分租房子是很普通的事情，而房客之間通常互不干涉，互不關懷的情形居多。由於原來住樓下那兩間房子的一個小家庭對我十分冷淡，甚至早晨盥洗時見面也不大願意打招呼。所以下平太太母子搬來之初，我也不便表現太熱絡，只是維持點頭之交的關係罷了。有一天早上我聽到樓下轟然一聲大響，連忙奔下去看，原來是下平太太沒有踩穩上榻榻米房間的臺級而摔了一跤。她肥胖的身體在水泥的長廊上著實地撞了一下，耳後正碰在臺級邊上，破了一個洞。我趕忙扶起她，找出從臺灣帶去的「白花油」，在她的傷口處抹了幾滴，輕輕揉擦，使她消除疼痛。她十分感激，打開了話匣同我交談。從此我們間的距離也縮短了。

她有一位分居了二十多年的丈夫。由於倔強的個性，她不能忍受另結新歡的丈夫，帶著那時剛滿兩歲的兒子，自食其力，以至於今，把孩子撫養長大。雖然說起來，她的娘家在京都也算得上是破落的世家，而她自己也曾受過中學教育，但是在戰前重男輕女的日本社會裡，一個已婚有子的婦女是很難謀得一份理想的職業的。後來在一位好心的老教授推薦之下，她在京都大學的考古系辦公室裡覓得了清掃婦的工作，到明年，她就要工作滿二十年了。這許多年來，她每天早出晚歸，對工作十分盡責，也十分驕傲。她告訴我：由於在京大文學院裡，她是一個最資深的員工，所以教授和學生們都很尊重她，又由於她待人熱心，所以有許多外國留學生喜歡稱她為「日本媽媽」。說到這些得意的事情時，她會爽朗地笑出聲音，露出下面兩顆黃黃的牙齒來。起先我對下平太太說話時顯著的那兩顆牙齒有說不出的不舒服的感覺，但是日子久了，慢慢地習慣下來，我可以無視於那洞然的大口，肥大的軀幹，不尋常的短髮，我甚至發現她有一雙明亮慈祥而美麗的眼睛，和雖然滿布皺紋卻淨白的皮膚。

下平太太的兒子是一個瘦長而相當英俊的青年，據說他是像極了他父親的。這個二十六歲的男孩子相當沉默寡言，每天睡到近午時分才起身，晚上卻總是在午夜之後才回家。下平太太告訴我，她的兒子是一個音樂家，高中畢業後沒有再升大學，而從事研究現代音樂，她希望將來能送他到美國去深造。我不知道她所謂的現代音樂是怎麼樣的，直至夏天到來，由於房間太熱，他們把窗門敞開，我進出之際瞥見了那隻豎立在紙門邊的「吉他」，才明白原來他是一個玩熱門音樂的「吉他」手。又有一次，我從大阪搭了最後一班火車回來，無意間看到那個男孩子和一群蓄長髮穿著花衣裳的年輕人在深夜的街上閒蕩著。回到住宿處，走經過樓下房間時，我看到下平太太等倦了門，正倚著紙門打盹兒，那一隻手提電視機還開放著。我躡足走過，不敢吵醒了她，心裡卻很難過。我想到這位老太太二十餘年來不知吃了多少苦，花了多少心血才把她的孩子撫養長大。自從失去了丈夫之後，他們母子倆相依為命，她又不知寄託了一個怎麼樣的美夢在孩子的身上啊！如今，她仍然做著清掃婦的工作，自己省吃儉用，穿兒子的舊衣服，卻讓他在外面揮霍辛勤掙來的錢。

由於孩子經常出門，下平太太在家的時間多數是伴著電視機的；但是自從與我熟悉之後，她的興趣不免又轉移到我身上來。我們共用一個廚房，燒飯做菜的時間就自然變成聊天的好機會了。我發覺與她男性化的外貌極不相稱的，下平太太是一個十足的賢妻良母型女性，對於烹飪的興趣尤其濃厚。她虛心向我求教學習中國菜，對於我做的紅燒肉、炒米粉最為讚歎；也時常送些她自己做的純京都料理給我。她的酒釀湯（京都名湯，類日本一般味噌汁而酒味較濃者）燒得最濃郁可口。記得有一個冬天傍晚，我上街購物，由於碰著下班時間，擠不上電車而很遲才回去，饑寒交迫，疲倦而又狼狽。拉開木門，卻有一股誘人的香味撲鼻。下平太太正站在昏暗的燈光下（她一個人在家時總是捨不得開大燈的）攪動著一大鍋酒釀湯。她看到我回來，笑嘻嘻地問我：「吃過飯了沒有？」又說：「我剛剛煮好這一大鍋酒釀湯，你喝一碗再上樓去吧。」她甚至不肯讓我把東西拿上樓去，接過我手中大大小小的包裹，就叫我站在廚房裡喝完湯。那一碗用肉片、胡蘿蔔、白菜和大葱等煮出來的酒釀湯又香又熱，正是我當時迫切需要的。一口氣吃完之後，饑腸充實了，身體也暖和起來。若不是為了矜持，我真想緊緊擁抱她哭起來呢！

在我的感覺之中，由於時常陪她聊天，也幫她一些小忙，下平太太在寂寞之餘，似乎有些把我當做她女兒的錯覺。她初則對我噓寒問暖，關懷備至，後來慢慢地對我的行動干涉起來了。每當我要外出時，她聽到我的腳步聲，總會拉開紙門探出頭來問我：「上哪兒去呀？」「什麼時候回來啊？」之類的問題。如果我在同一天裡外出兩次，她就會問我：「你又要出去了嗎？」初時，我把她這些問話當做是對我的關切，所以每次總是不厭其煩地一一報告出外的目的，回家的時間，甚至與什麼人在一起等等。但次數多了，實在感到困擾，有時也就故意含糊其詞。下平太太大概也知道這情形，她對我的態度漸漸變冷淡了。尤其在四五月之間，由於大阪萬國博覽會的關係，許多親友從臺灣去找我，難免有些應酬出遊，我在家的時間就更少了。那一陣子，下平太太對我的態度有顯著的改變，她故意將做飯的時間錯開，避免和我碰面。有一次，我從圖書館回來，她本是站在門口和鄰人聊天的，遠遠地看見我，竟慌張地走進了自己的房間。對於她這種舉動，我感覺有些生氣，也有些難過。於是那一段時間，下平太太的寂寞只有找鄰居老太太們去發洩，而我的空閒時間也只好躲在樓上的房間裡聽電臺播放的音樂了。直到進入六月裡，我結束那一段客中作主，送往迎來的日子，回復了正常而規律的生活；居家的日子多了，下平太太才又逐漸打開僵局，由愛理不理的態度，慢慢地又向我露出友善的笑容來。可惜，到了那時候，我自己在日本居住的期限已近尾聲，正有各種事情待辦理。我開始忙於利用最後一段時間多跑書店圖書館，購買書籍，搜集各種資料，又陸續地綑紮行李書籍先行寄走一部分等諸事。和下平太太從容閒談的機會已不像過去那樣多了。

我去年到京都是從看十月二十三日的「時代祭」開始的，為了珍惜這古都的風雅行事，我決定在看過八月十六日的「大文字燒」才離去。那一天，我和那須小姐相約要穿著她送我親自縫製的日式「浴衣」（夏季簡便的和服）去看晚間的熱鬧。京都的盛暑，其悶熱有甚於臺北。我一個人在樓上忙得一身大汗，仍然穿不好那一襲「浴衣」，最後只有下樓求助於下平太太。她很高興我去找她幫助，一邊嘮叨著，一邊用熟悉的手法給我穿妥了「浴衣」。然後，又叫我轉身給她看，用欣賞的眼光看我，不停地讚美，說我穿上「浴衣」比一般日本婦女好看。我在她的眼睛裡看到慈母一般的感情，忽然間心頭一緊，我曾經是多麼傻，和這樣一位老太太賭氣啊！

翌日清晨，下平太太知道我近午時分要離開京都，特向學校請了假。她頭一天晚上已預先叫我不要自己煮咖啡吃麵包。下樓漱洗完畢時，她端了一個托盤出來，上面有一碗熱騰騰的味噌汁，兩個飯糰和一點醬菜，那是純日本式的早餐，是她一大早起來為我做的。她像母親一樣地囑咐我：「要吃得飽一點，路上才會有精神哪。」我接過那托盤，說不出一句感謝的話，卻認真地哭了起來，把湯都撒了出來。下平太太說：「別哭了，別哭了，傻孩子。就要回去和你家人團聚的，哭什麼呢！」但是我看到她眼中也有閃亮的東西。

秋道太太心愛的傀儡人形淨琉璃

與平岡先生、那須小姐（左）遊鶴林寺

京都「湯屋」趣談

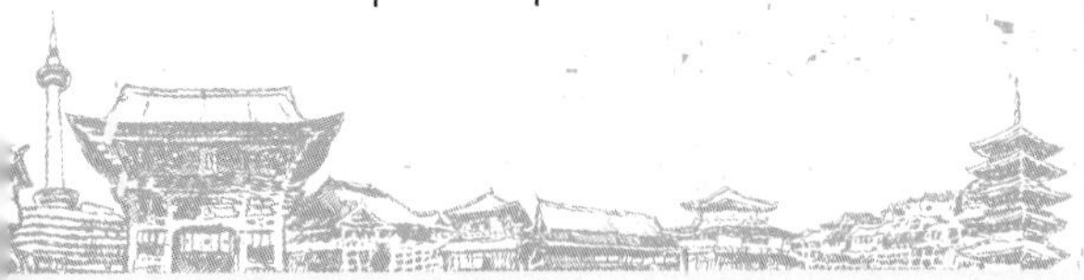

今年二月間，我的十三篇有關京都的遊記雜文由純文學叢書代為結集成冊出版。那幾篇隨興所至而塗的文章，本是為排遣異鄉獨居的寂寞而寫的，沒想到出版後，竟也有人對它感興趣。大阪市立大學的小島教授在收到我寄給他的書後，曾給我信說：我對日本庭園的一些試作探討的意見相當正確，而我介紹京都的古書鋪，有些反倒使住所近在咫尺的他感到驚訝。據說有些關西的留學生，以我那篇〈吃在京都〉一文，做為饕餮的指南。這些消息傳來，一方面使我高興，一方面也令我不安；因為在京都一年，我所看到的都是表面浮泛的，所寫的也都只是個人武斷的觀點。有些朋友鼓勵我繼續再寫一些有關京都的事物風光。做為一個好奇的遊客，近一年的時間裡，我的見聞也的確不止那些。但是由於回來後，教書生活及家務瑣事佔去了我大部分的時間，所以也就一直沒法子提筆追敘。前些天，三五好友聚談，偶爾提及日本人沐浴之事，我講了一些在京都時親身經歷的趣事。回家後，竟然又一次的觸動對京都的懷念之情，忍不住要提筆追憶。下面就寫一些有關京都人沐浴的趣事吧。

日本人管公共浴室叫「風呂屋」、「錢湯」或「湯屋」。在京都住了近一年的時間，我對她的一切幾乎都是喜愛的，所以我存心「入境問俗」。自動而好奇地去觀賞古典藝術「能」、「狂言」和「歌舞伎」。去遊覽古寺名庭，甚至於去嘗食河豚生魚片；唯獨對其「錢湯」，始終不能習慣，乃迫於實際需要，不得不「入境隨俗」了。不過，如今已時過境遷，回想當時種種，倒也有一些難忘懷的記憶。

在舉目無親的京都，承平岡教授的熱心，我總算在距離「人文」（京大人文科學研究所簡稱）不到五分鐘步行路程的石橋町找到了一個分租的房間。我的房東是開「錢湯」的，他們的「湯屋」和住家就在距離我住所二十步內的拐彎角上。我搬入那間二樓向北的日式房間，是在十一月初的時節。雖然遠近滿山的秋葉已轉紅，且早晚也頗有涼意，但是在我洗刷清潔，把自己的「小巢」安頓妥善時，卻已因勞動而出了一身汗，急需好好洗個澡，消除疲勞。可是，我樓上樓下地遍尋，也找不到一間浴室、一個浴槽。我怯生生地問樓下那對年輕夫婦：「我們的浴室在哪兒？」他們困惑地相視後回答我：「這兒沒有浴室。」我只有魯莽地再問：「那你們每天在哪兒洗澡呢？」「到房東的錢湯去洗呀！」這次是我感到困惑了。上樓去取換洗的衣服時，我想起過去似曾讀過日本人愛好洗公眾浴室的記事，沒想到自己竟也有真的去洗「錢湯」的一天。

我將衣物、肥皂和浴巾等物塞入一個購物袋中，出門拐個彎兒，就到了那家「銀閣寺風呂屋」。浴室的大門是男女共用的，入得玄關，右邊地上一堆女用木屐和皮鞋，左邊地上一堆男用木屐和皮鞋，可以一目了然，右邊是女浴室，左邊是男浴室。我脫了鞋，掀開右方那橫擋視線的藍色帷幔，只聽見老闆娘——也就是我的房東太太，用嬌柔的京都口音說：「歡迎！」一室肥環瘦燕陡地呈現眼前，多數是赤裸裸的，看得令人目眩心慌。過去，我看過不少人體畫，也讀過有關天體會的記事，但是親眼看見這麼多肉體，卻是生平第一次。雖然她們和我是同性的，仍難免要臉紅忸怩起來。

我不知所措地猶豫了一會兒，房東太太告訴我：每次洗澡要先付三十円。我連忙掏出一些零錢給坐在櫃臺裡的她。她又問我：「有沒有帶自己的洗臉盆來？」第一次進公共浴室的我並不知道臉盆是要自備的，她就借給我一個浴室的公用臉盆。她看到我拿著臉盆仍站在那兒不動，想起了我是一個外國人，所以就從櫃臺後面走出來，親切地指導我洗公眾浴室的程序。由於大家都是黃面孔，起初我進入浴室時，並沒有人對我特別看一眼，但是這樣一來，反而引起大家注意，使我更加侷促不安了。原來我所看見的這個大房間只是更衣室，兩面牆壁上設有整齊的壁櫃，供浴客放置脫下來的衣物，在腰部以上部位並裝著一排明亮的大鏡。每個人都態度自然地在鏡前脫衣、穿衣；甚至有一些體態健美的少女們一面用浴巾擦身，一面在那兒顧影自憐。下面鋪著拭洗潔淨的竹蓆，可以讓身上的水滴從竹片縫裡流下，以保持地面的乾爽。浴客把衣物和大浴巾留在有自動鎖的壁櫃後，便端著臉盆（裡面只放著肥皂，小毛巾等沐浴用品）拉開一扇大的花玻璃門，進入裡間的浴室。這一間浴室幾乎有一個禮堂那麼大，裝置三個大浴槽，兩池熱水，一池冷水，每個浴槽都像兒童游泳池一般大，約可容十人共浴。有兩面牆在較低矮的部位分別裝置二十來個冷熱水龍頭，較高的水龍頭，一按即有滾熱水洩出，較低的是冷水，另外在上方又安裝著一架蓮蓬頭。這兩面牆又都貼滿一排的鏡子，可供洗臉洗頭時端詳之用。我靦腆地低頭進入那煙霧騰騰的浴室，找了個角落蹲下，模仿著別人，用臉盆裝滿冷熱水沖洗著身子。從面前鏡子的反照裡，我看到老老少少的裸體女性群相，大家從從容容，旁若無人地享受著沐浴之樂趣。有些人三三兩兩，邊洗邊談笑著。這光景使我想起了法國寫實派畫家安格爾的「浴女圖」。只是從前做為藝術的欣賞，和如今眼前一片的實景（尤其當我想到自己竟也參與在那一大幅景象中時），這兩種的感受是頗不相同的。

依著一般的習慣，每個人先蹲在水龍頭前沖洗乾淨後，便在熱水槽中浸泡一會兒，直至熱水燙紅了皮膚，再驟入冷水槽中暫浸，使毛孔收縮，然後上來再沖洗一番。但是我實在沒有勇氣和大家赤裸相對，同時對那一池你浸我燙的公共浴槽，也總難消除一種嫌惡感。所以面壁對鏡沖洗完畢，便匆匆走出更衣室來。正在笑容可掬地收錢的房東太太看到我很快地出來，大感意外地問我：「這麼快就洗好了嗎？」我一面點頭，一面趕快用浴巾裹住了身體，覺得她裝扮得整齊地坐在那兒看赤裸的別人是失禮而不公平的。但是當我穿好衣服，再觀看四周時，我發現一個更奇特的事實：她的櫃臺是設在男女浴室的中間的，這樣可以一人兼收男女兩方浴客的錢；換言之，所謂男女浴室，僅隔著一堵牆，而牆頂並不連接天花板（大概是為通風方便的緣故吧），這一堵牆延展到櫃臺前便中斷，難怪我一直聽見隔壁男浴室傳來的談笑喧譁。想來男浴室那邊的情景大致也和這邊相同的；那麼這位徐娘半老的房東太太，她居中左右顧盼，所看到的景象也必定是一樣。這一個聯想幾乎使我大吃一驚，同時也深深佩服她那種從容不迫的優雅風度了！

以後的日子裡，我每天傍晚要花三十円去洗一次「風呂」，慢慢對此中情景也習慣下來，而不太少見多怪了，但是我依舊沒有辦法像當地人那樣地自然適應。對於夏天忍著酷暑為洗一次澡跑出去，以及下雪的冬夜還得打著傘去洗澡，也始終覺得十分不方便。我不解地問日本朋友們，為什麼大家不在自己房子裡設一間浴室，他們反倒驚訝地問我：「難道你們中國人每家都有自己的浴室嗎？」事實上，我注意到「湯屋」附近的路邊常常停放著自用小轎車，他們寧願花錢買車子，全家人開車子來公共浴室洗澡，也不願自設一間家庭的浴室。我也聽別人說起，那些自己有浴室的人家，也往往寧願來公共浴室泡大池子裡的熱水，他們認為那樣子洗澡才痛快。

「湯屋」營業的時間從下午三點開始，直到午夜才打烊閉門。一般來說，以晚上七八點左右為最熱鬧。從傍晚時分，你可以看見許多人腋下挽著臉盆，拖著木屐優閒地走向「湯屋」。也可以看見一些洗盡鉛華，著一襲「浴衣」（日人浴後穿著的簡便和服）的婦女，跟你擦身而過，她們身上散發的肥皂香，別有一番「清潔」的誘人魅力。每當遇著這情景時，我會想起浮世繪名家歌麿的「遊女圖」。在今日東京的銀座等鬧區，已不可能看見這種優閒而浪漫的情景，只有在京都這些古老的街巷裡，江戶時代的影子仍留存著。

我住的左京區是一個比較保守而文化氣息濃厚的地區。有一回，我拉開裡間浴室的玻璃門，迎面看見最靠前的浴池裡浮伸著一個光頭，幾乎嚇得驚叫起來，但是滿室的浴客卻沒有一個在意的。後來那個光頭站起身子來，我才知道原來她是個尼姑。不過，那是我第一次，也是最後一次和尼姑同浴。據說尼姑都得在廟庵裡沐浴的，那個尼姑為什麼會到公共浴室來「拋頭露身」呢？我至今不解。

又有一個傍晚，我一掀開帷幔走進更衣室，便給櫃臺裡的房東太太拉住，她說：「等你好久，你可來了！」那晚「銀閣寺風呂屋」的氣氛有些緊張；原來是最近常光顧的一個法國婦人帶來的騷擾。那位碧眼黃髮而身材修長的西方女性，由於她那特殊的外貌，近來一直是大家好奇注視的對象。加以她有些囂張的態度，更加令人側目。我前面已說過，男女浴室之間的牆是不到頂的，因此它雖然擋住視線，卻可以互相通風，也可以聲浪相傳。那個法國婦人每回泡在浴池裡，總是仰著頭向男浴室方面大聲叫問：「親愛的，你們那邊水熱不熱？」或者：「你快洗好了沒有？」之類的話。她大概認為在這樣偏僻的地方是不會有人聽得懂她的法語的吧。但是碰巧我在大學時旁聽過一年的法文，她那幾個法文單字正好讓我認得。不過，我既沒有同她打過交道，也沒有向別人表示過什麼，因為我始終把到「湯屋」洗澡當做是一個無可奈何的需要，而且認為這種場合也絕對不是適合社交的地方，因此每回都是來去匆匆。這一天老闆娘卻拉住我，要我當翻譯員。由於那個法國婦人每次總愛把長長的頭髮連身一起浸泡在浴池中，而日本人洗公共浴室是只許浸到頸部，卻忌諱浸濕頭髮的，因此有幾位當地老太太聯合提出抗議，她們甚至威脅老闆娘說：再不向那法國人警告，她們就要罷浴，轉向別處的「湯屋」去了。老闆娘只會講日本話，而那個法國婦人又不太懂日語，因此那晚大家一直等著我。這個苦差事我實在不願做；再者，我也不會說法文啊。但是眼看著幾個憤怒的老太太包圍著我的房東太太，同情心油然而起，遂不知不覺地答應了下來。那些老太太們指著浴室說：「她現在正在那兒泡著身子，你就請過去同她說一說吧。」原來她們指望著我即刻脫了衣服進去，赤裸相對地和那法國人議論呢！這使我十分為難，我雖然在京都住了幾個月，到「湯屋」來的次數也已不計其數，但是仍然減除不去那一分羞怯的心理，更何況如今要我當翻譯員，至少應該像個文明人對文明人的樣子吧。她們看我答應之後又猶豫，以為我有意擺架子，我只好解釋：「這件事我不好冒昧地衝過去警告，因為我自己也只是一個客人哪。我看就這樣吧，一會兒等她出來，先請老闆娘用日本話和她說說，如果真講不通，再請你招呼我過去試一試。」於是我就站著等她。約莫十分鐘後，那法國婦人才浴畢出來。她一邊擦身子穿衣服，老闆娘一邊就和她比手劃腳地理論起來。我遠遠地看到她一臉迷惑不解的表情，又聽見她吃力地連結幾個日語單字。不久，老闆娘果然向我招手了，我看到她已大體穿好衣服，就走了過去。我用英語先自我介紹，說我是中國人，請她勿介意我做翻譯員，然後把老闆娘的意思轉告了她。這時她才恍然大悟地也用英語說：「哦，原來她說不准浸泡頭髮呀！」但隨即又不服地噘起那線條優美的嘴唇說：「這是不合理的，頭髮跟身體其他部分又有什麼差別呢！我每次都是先洗淨了頭髮才進池子裡泡的。」她出示放在臉盆中的一瓶洗髮劑說：「請你跟她講，我的頭髮跟我的身體同樣都是乾淨的！」我苦笑著告訴她：「做為一個外國人，我完全同意你的說法。但是今天我們寄住在人家的地方，最好隨從人家的習俗。你不知道，為了你這樣做，許多本地客人威脅老闆娘說她們不再來這兒洗澡了呢！」聽我這樣說，她感到事態的重大，於是馬上改變成謙和的態度，要我向老闆娘和大家道歉。同時她告訴我，她和她的丈夫上個月才來京都留學，對日語和日本的風俗還不十分瞭解，最後還同我握手道謝才離去。房東太太和老太太們也一再地謝我。如此一來，我在這公共浴室裡頓時變成了眾所注目的風頭人物，我感到許多人在背後竊竊私議，原先對法國婦人的好奇和注意似乎轉移到我身上來。當時我真恨不能可以不要洗澡，跑回家去躲避那些目光！

日本人的多禮儀是有名的，京都婦女尤其重視禮節，這種現象甚至在公共浴室中也可以見證。我時常看見兩個脫光了衣服的中年婦人在裡間浴室的門口彼此鞠躬互讓，卻擋住了別人的進出。又有一次，在我鄰近水龍頭前淋浴的一個婦人給她的伴侶介紹另一個剛進來的婦人，於是只見她們三個人端端莊莊地跪坐叩頭，嘴裡還說著許多客套的話。當然她們身上都一絲不掛的，這樣的和陌生人初見面，真可謂「袒」誠相見了。

顧客的時間幾乎都有一定。像我這樣來去匆匆而目不斜視的人，日久，也會記住幾張熟悉的臉孔。有一回，白天裡在街上走著，迎面來了一位端麗的女性，親切地向我微笑打招呼，我也馬上機警地回報以微笑，但是事後卻想不起她是誰？她不像我在「人文」的圖書館中見到的女學生或職員，也不像其他經人介紹過的人，因為我在京都所認識的人是極有限的，而她的臉卻如此熟悉。究竟我是同誰打了招呼呢？這問題一直困擾著我，左思右想地走了很長一段路，終於豁然想起，她便是每晚見得到的許多熟面孔中之一啊！只是我們沒有交談過，我不知道她的名姓，也未曾見過她穿著衣服的樣子，何況今天她在街上是如此的裝扮整齊呢！反過來說，有時也會在「湯屋」

裡碰到一些日常見面的人，譬如在附近餐館工作的那個有銀鈴般嬌聲的女侍、文具店的老闆娘、市場裡賣菜的少女、賣花的婦人……在裸的世界裡，看來人是沒有什麼職業階級之別的。然則所謂文明——衣服，或者竟是人類在上帝本係平等齊一的傑作上擅加的種種拘束和標誌嗎？

「京都一年」以後

離開京都已經六年了。在這六年中間，我曾經又一度舊地重遊過，那是四年前參加日本筆會所主辦的一個國際性會議。但是為期僅一週，又由於開會節目安排緊湊，身不由己，所以只能利用晚上有限的自由活動時間，與朋友們匆匆晤談；當地風光，幾乎無暇細賞。

六年的時間，不知道應該算長還是算短？卻發生了不少的變化。

我那一年賃租的房間，面臨著疏水石橋，兩岸密植櫻樹。由於地近京都大學和人文科學研究所，故向來都是學者們早晚散步幽思的好去處，那條銀閣寺路，也就另有一個雅致的名稱，叫做「哲學之路」。據說，疏水落伍又不衛生，新任的市長已將它改成一條堅實的水泥路；而今，觀光客絡繹不絕於途，學者們只好退居各自的書房裡思想了。又據說，穿梭於棋盤似的幹道上那些噹噹作響的電車也泰半消失了，理由大概也不外乎有軌電車太落伍吧。

在我所認識的人當中，平岡武夫教授和田中謙二教授先後都退休了。四年前去開會時，順便過訪在京都一年間每日必到的人文科學研究所。夕陽斜照在那一條蒼老的走廊上，許多研究室門上掛著的牌子都換了陌生的名字，使我不敢輕易敲那些一度熟悉的門扉。「物是人非」，想不到重臨異鄉的故地，竟會有這種感覺！只有那一位中年的清潔婦還記得我，站在下班後的薄暗樓梯口，同我寒暄了一會兒。

最令我悲傷的，莫過於三年前秋道先生因腦溢血猝逝於東京車站的消息。我認識這位溫良忠厚的料理店老闆，是因為他太太的關係。秋道太太為我訂贈的円地文子所譯《源氏物語》最新語體本，甫於那一年出版，每隔兩三個星期出兩本書；每次都是由秋道先生去書店取來帶回家，再由秋道太太轉送到我手裡的。秋道先生夫婦雖然不諳中文，可是我每出版一本中譯本，都用航空寄去，請她在上墳時帶在身邊，替我向秋道先生在天之靈致謝。將來全書譯畢，我定要親自到南禪寺的墓地去上一炷香。

生離死別雖然教人莫奈，但人間畢竟還是有一些可喜的事情。與我同租一個房子的下平老太太，自我離開京都後，每年至少有一封信給我。兩年前，她也已經從京都大學文學院的清潔婦工作崗位退休了。他們母子仍然相依為命，卻用退休金另外遷移到一處較寬敞的房子裡。她信上說，近來已逐漸習慣賦閒的生活，眼力還不錯，所以看看小說，打打毛衣度晚年。我彷彿看到她那肥胖的軀幹斜倚在日式紙門邊的模樣兒。

此外，我所擔心的那須小姐的婚事，很高興也成了我的「杞人憂天」。我再去京都開會時，她和她那位在高中教書的新婚夫婿曾來旅館看我，還帶了我最愛吃的她母親親手做的「壽司」。那晚，我們喝了些啤酒消夜，算是為他們補慶婚喜。現在她已是一個兩歲男兒的媽媽了。

至於銀閣寺路底，那個我時常去購物的市場裡頭，賣花的中年婦人、賣菜的一對兄妹、賣魚蝦的瘦老頭兒，以及小郵局裡笑容可掬的少女，還有許多當時天天看見的不知名的臉孔呢？不知道他們可都安好？此刻，我忽然好想念他們，心中又溫暖又悲涼，是一種奇怪的滋味。

這些本來好似已經遙遠了的事情，今晚又都變得親近起來，只因為知道《京都一年》這本遊記即將出第三版了。這一次，我另外加入一篇〈京都「湯屋」趣談〉。這篇文章是在此書結集出首版以後所寫的；讓它孤孤單單站在外邊，總覺得於心不忍，趁這個機會使它歸隊，得著一個適當的庇身之所吧。又，原插於文中的圖，也改為彩色集中於正文前，這都該向讀者說明的。

民國六十六年七月二十五日　燈下

圖片來源

圖片所在頁數	8、17、145 下、163、181 下、203 上、218、241、266、267
出　處	作者提供
圖片所在頁數	40、54 下、70、71、94、111、127 下
出　處	ShutterStock
圖片所在頁數	54 上
出　處	日本觀光協會臺灣事務所提供
圖片所在頁數	69
出　處	Alamy
圖片所在頁數	93
出　處	Wikipedia/Bigjap 提供
圖片所在頁數	127 上、146、181 上
出　處	Wikipedia
圖片所在頁數	145 上、203 下
出　處	Par Art Co.,Ltd.

小歷史——歷史的邊陲

林富士　著

小歷史的範疇包羅萬象，社會的邊緣人物如童乩、女巫、殺手、被視為奇幻迷信的厲鬼、冥婚、鬼婚，關乎頭髮、人肉、便溺、夢境的另類研究主題，都是值得關注的焦點。當你進入小歷史的世界，探訪這些前人足跡罕至的角落，你將會發現，歷史原來如此貼近你我。

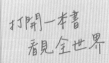

國家圖書館出版品預行編目資料

京都一年／林文月著.－－四版二刷.－－臺北市：三民，2024

面；　公分.－－（Culture）

ISBN 978-957-14-7658-2（平裝）

863.55　　112009927

Culture

京都一年

作　　者｜林文月
創 辦 人｜劉振強
發 行 人｜劉仲傑
出 版 者｜三民書局股份有限公司（成立於 1953 年）

三民網路書店
https://www.sanmin.com.tw

地　　址｜臺北市復興北路 386 號（復北門市）(02)2500-6600
臺北市重慶南路一段 61 號（重南門市）(02)2361-7511

出版日期｜初版一刷 1996 年 5 月
三版一刷 2019 年 6 月
四版一刷 2023 年 8 月
四版二刷 2024 年 7 月
書籍編號｜S853320
ISBN｜978-957-14-7658-2